그런 날도 있다

上京十年(益田ミリ) JYOKYOJYUNEN

Original Japanese edition published by Gentosha, Inc., Tokyo, Japan
Korean edition is published by arrangement with Gentosha, Inc. through Japan Creative Agency Inc., Tokyo and JM Contents Agency Co.(JMCA), Seoul.

마스다 미리 에세이

그런 날도 있다

이소담 옮김

북포레스트

✹ 차례

대도시, 도쿄

일러스트레이터가 되겠다는 마음을 먹고 오사카에서 도쿄로 상경한 시기는 지금으로부터 10년 전인 스물여섯 살 때였다. 연줄도 없었고 있는 것이라고는, 회사에서 받은 쥐꼬리만 한 퇴직금뿐. 그래도 모아둔 돈과 합치니 이사 비용을 다 치르고도 200만 엔 정도를 쥐고 있었다.

'당분간은 이 돈으로 먹고살아야 하니까 최대한 절약하면서 살아야겠다.'

타고나기를 소심하고 걱정이 많은 나. 평소대로 생각했다면 이런 흐름이어야 했다. 그런데 그때는 대체 왜 그랬는지, 이렇게 생각했다.

'저금이 바닥날 때까지 느긋하게 살아야지.'

심지어 무섭게도, 정말로 실행에 옮기고 말았다. 아침에 일어나서 산책하고, 피곤하다 싶으면 마사지를 받으러 가고, 먹고 싶은 음식을 먹고, 밤이 되면 잤다. 그런 생활을 상경하고서 반년이나 계속한 것이다…….

그러고 나니 당연히 저금이 바닥을 드러냈고, 아르바이트를 하면서 출판사에 일감을 얻으러 다녔다. 그러면서 짓게 된 센류* 덕분에 일이 들어오기 시작했고, 지금은 이렇게 에세이를 쓰고 있다.

그나저나 아무것도 안 했던 그 반년은 뭐였을까? 불현듯 떠오르곤 하는데, 그때마다 유쾌해서 참을 수가 없다. 그 시기는 도쿄라는 대도시에 상처받지 않을 힘을 비축하기 위한, 나만의 소중한 휴식이었을지도 모른다고 생각한다.

---

* 5·7·5조 형식인 일본의 짧은 정형시. 인생의 한 단면을 직관적으로 파악하여 예리하게 찌르는 풍속시이자 생활시이다.

부케 양보하기

신부가 던진 부케를 받은 사람이 다음에 신부가 된다. 그런 로맨틱한 낭설을 믿고, 여자들이 까르륵까르륵 즐겁게 부케 쟁탈전을 벌인다. 나는 그 광경을 수없이 지켜봤고, 내가 부케를 받은 적도 몇 번인가 있다. 그런데 최근 들어 이 행사가 몹시 부담스러워졌다.

작년. 단기대학 시절 친구의 결혼식에 갔을 때 생긴 일이다.

“자, 이제부터 신부님이 부케를 던질 테니, 미혼이신 여성 하객은 앞으로 나와주십시오.”

사회자의 그 말에 나는 불길한 예감이 들었다. 신부와 나는 동갑으로 당시 우리는 서른다섯 살이었다. 미혼인 여자 친구는 몇 명 없을 텐데……. 그러면 그렇지, 아무도 앞으로 나서지 않았다.

당황한 사회자가,

“사양하지 말고 앞으로 나와주세요!”

라며 재촉했지만, 사양하는 것이 아니라 다들 주목받기 싫어서 도망치는 것이다. 같이 결혼식에 참석한 기혼 친구들이

관엽식물 그늘에 몸을 숨긴 나를 찾아내서는,

"부케 받아와야지!"

하고 대중 앞으로 떠밀었다. 나와 마찬가지로 다른 여성 한 명도 끌려 나와서, 팔십 명이나 되는 하객들의 정중앙에 둘이서 오도카니 서 있었다.

"둘 다 지면 안 돼!"

그런 응원은 자제해주길 바란다. 여기는 결혼식장이지 링위가 아니잖아요. 신부가 뒤돌아서서 부케를 던졌을 때 나와 그녀는 부끄러운 나머지 꼼짝도 못 했고, 부케는 바닥에 철퍼덕 떨어졌다. "아~아!" 하는 소리가 결혼식장에 울렸는데, 그녀가 한 걸음 앞으로 나아가 부케를 주워준 덕분에 어떻게든 무사히 상황이 종료되었다.

예전에는 쟁탈전을 벌이던 신부의 부케도 서른다섯 살쯤 되면 양보한다. 아니, 나는 결혼하거나 말거나 아무래도 상관없단 말이다. 이런 주장은 부케를 던지는 그 순간에는, 당연히 아무도 들어주지 않는다.

피아노를 배우다

피아노를 연주할 줄 알면 즐겁겠지? 피아노를 쳐본 적이 없어서 순진하게 상상하는 나.

초등학교 2학년 때, 엄마를 졸라 피아노를 배우러 간 적이 있는데 그 당시 선생님의 지도 방침은 이랬다.

"건반을 만지기 전에 먼저 음표를 그리는 연습부터!"

그래서 나는 매일매일 공책에 음표만 그렸다. 그게 지겨워서 피아노를 거의 건드리지도 못하고 그만두었다. 배우고 싶은 의욕의 싹을 꺾어버리는 신기한 피아노 학원이었다.

그때 경험 때문에 그 후로도 피아노와 가까워지지 못했다.

그런데 며칠 전, 집 근처에서 '어른을 위한 피아노 학원'이라는 광고지를 발견하고 갑자기 배워보고 싶어졌다. 쇠뿔은 단김에 빼라지. 얼른 무료 체험 수업을 신청했다. 선생님은 마흔 살 정도 됐을 여성으로, 시원시원하니 느낌 좋은 사람이었다. 30분간 수업을 받았는데, 이번에는 바로 피아노를 치게 해줘서 정말 즐거웠다. 이런 방식이라면 계속할 수 있겠는데? 기분이 좋아져 그 자리에서 당장 학원비를 낸 나였다.

그런데 바로 다음 날 이런 일이 있었다. 현관 초인종이 울려서 문을 열었더니, 처음 보는 여성이 손에 카탈로그를 들고 서 있었다. 글쎄, 피아노를 팔러 온 것이다. 아직 체험 수업만 받았을 뿐인데 이 속도감이라니, 정보력에 경의를 표한다. 아니지, 60만 엔이라고 적힌 피아노 사진이 언뜻 보였으니 경의를 표할 상황이 아니다. "살 생각은 없어서요"라고 말하며 돌아가게 했지만, 왠지 기분이 안 좋아졌다.

피아노는 즐거울 거야.

나의 이 순진한 마음에 또다시 방해가……. 역시 배우지 말까. 마음이 약해졌지만, 집에서도 가까우니까 일단은 해보기로 했다. 약간은 걱정스러운 배움의 시작이다.

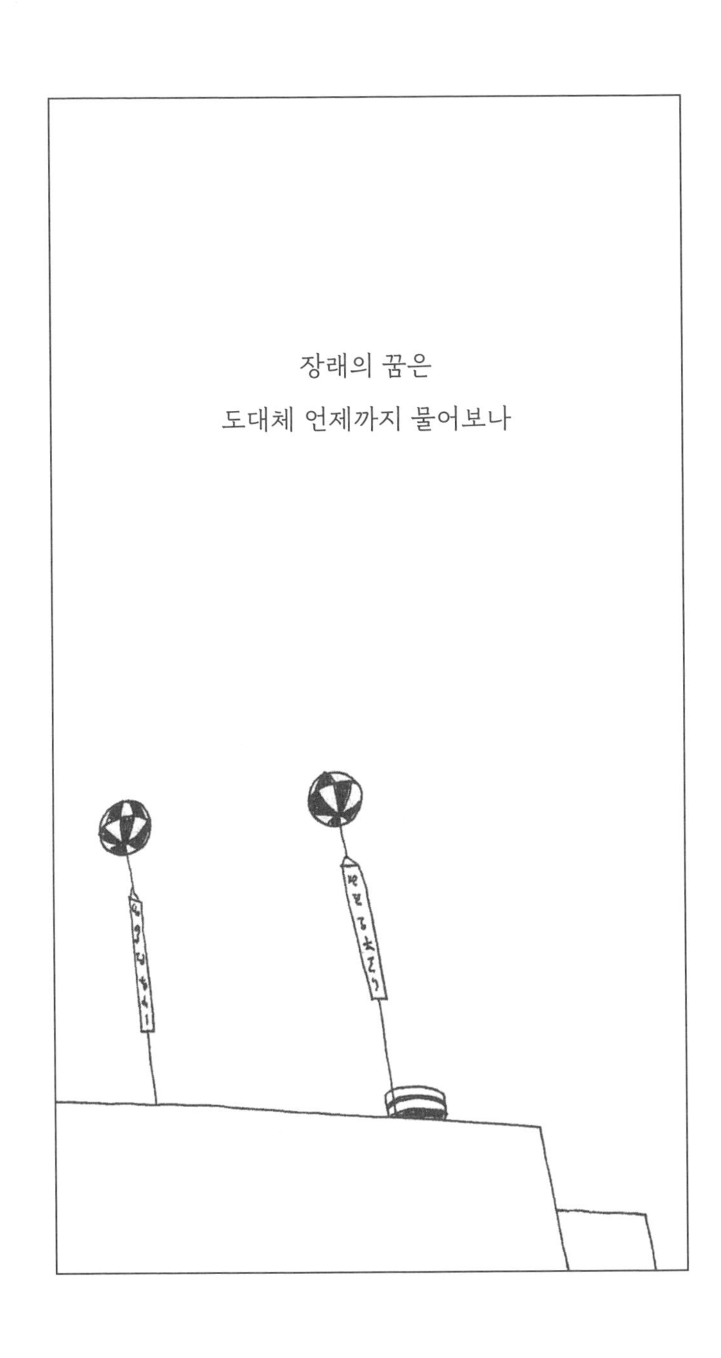
장래의 꿈은
도대체 언제까지 물어보나

셀럽 모임

초밥이나 프랑스 요리, 튀김이나 중국 요리 등등.

이 세상에는 분야별로 유명하고 고급스러운 일류 음식점이 있는 것 같다. 다만 나는 갈 기회가 도무지 없었다. 부잣집에서 태어나지 않은 것은 맞지만, 나는 이미 어른이고 일도 하니까 그런 가게에 가더라도 딱히 남에게 이러쿵저러쿵 잔소리를 듣진 않는다.

그런데도 발을 들인 적이 없다. 대체 왜? 이유는 데려가주는 사람이 없었으니까.

나는 오랜 세월 그렇게 생각해왔는데, 문득 깨달았다. 그렇다면 내가 가면 되잖아? 나와는 인연 없는 세계라고 단정할 필요가 전혀 없었다.

그리하여 내 의견에 찬성해준 여자 친구 한 명과 일명 '셀럽 모임'을 결성했다. 어떤 모임인가 하면, 유명한 일류 음식점을 예약하고 둘이 옷을 잘 차려입고서 갈 뿐이다. 금전적인 문제도 있으니 1년에 네 번 정도. 가게를 엄선해서 결정하고 둘이서 외출하는 모임이다.

기념할 만한 제1회 셀럽 모임 장소는 고급 스페인 레스토랑으로 결정되었다. 다녀온 에피소드는 다음번에 이야기하기로 하고, 총비용은 둘이 합쳐서 5만 엔이었다. 한 끼 식사에 일찍이 지불한 적 없는 금액이지만, 모임은 즐거웠다. 식사를 하고 왔다기보다는 여행이라도 다녀온 것처럼, 새로운 세계가 거기 있었다. 참고로 다음 셀럽 모임 장소는 일식집이어서 몹시 기대된다.

단, 한 가지 문제점이 있었다. 유명한 일류 음식점에 갈 일이 없다고 생각했던 탓에 어디가 그런 곳인지 잘 모른다는 것이다. 음식점을 결정하는 것부터 한바탕 고생이다. 영 믿음직스럽지 못한 셀럽 모임이다.

사치스러운 사회 견학

유명한 일류 음식점에서 식사하고 싶었다. 기다려도 데려가주는 사람 하나 없었으니까 내 돈을 내고 가자.

그런 논리로 여자 친구와 둘이서 결성한 셀럽 모임 이야기를 바로 앞에 썼다. 첫 번째 모임 장소는 고급 스페인 레스토랑. 그곳은 스페인 여성 셰프가 섬세한 요리를 제공하는 곳으로 유명하다. "거기 다녀왔어"라고 말하면 여자들 사이에서 "대단하다!"라고 환성이 터질 곳이다.

식사 모임 당일. 예약한 시간에 맞춰 레스토랑에 가자, 양복을 깔끔하게 입은 남성 직원이 자리까지 안내해주었다. 고작 2센티미터인 단차인데 "조심하십시오"라고 말해줘서 황송했다. 자리에 앉자, 목욕탕 의자와 비슷한 작은 받침대를 가지고 오더니, 거기에 가방을 놓으라고 했다. "와아~" 일일이 감탄하는 우리다.

식전주를 무엇으로 하면 좋을지 몰라 물어보았다.

"논알코올에 감귤계의 산뜻한 음료가 있을까요? 하지만 레몬처럼 시큼하진 않았으면 해요."

그러자 유자 칵테일이 나와 만족스러웠다.

코스 요리는 딱 한 종류인데, 푸아그라와 굴, 이베리코 돼지고기 같은 고급 요리가 여유롭게 시차를 두고 나왔다. 전부 양이 적었다. "꼭 연회 요리 같네요?" 직원에게 말을 걸자, 요즘은 이런 식이 유행이란다. 셰프의 솜씨를 다양하게 즐기고 싶어하는 손님들을 위해 프랑스 레스토랑에서도 양을 조금씩 내는 가게가 늘었다고 한다.

그렇구나, 이런 게 유행이구나. 예전과 비교할 수 없어 아쉬웠지만, 앞으로는 비교할 수 있을지도 모른다고 우쭐해 하는 우리.

의외로 다른 손님들은 퇴근길에 가볍게 들른 분위기여서, 신경 써서 꾸민 우리는 누가 봐도 초보자 같았다. 한 끼에 2만 5천 엔. 몹시 사치스러운 사회 견학이었다.

신선의 충고

이상하게 몸이 차다. 특히 발끝이 항상 차갑다. 허리 부근이나 엉덩이도 차갑다.

이거 그다지 몸에 좋은 현상은 아닌 것 같은데?

시험 삼아 한약을 먹어보기로 했다. 한약을 오랫동안 복용한 친구가 알려준 한방 전문 병원에 가보았다.

한의사 선생님은 초로의 남성으로, 왠지 모르게 신선 같은 분위기였다. 하반신이 찬 증상, 또 간 김에 꽃가루 알레르기 때문에 괴롭다고 말했더니 침대에 누워보라고 했다. 선생님이 위와 하복부, 허벅지 윗부분을 손으로 눌렀는데, 아파요. 너무 아프거든요.

"수독(水毒)이네요. 수분을 많이 섭취해서 몸이 차가워지는 겁니다."

오오, 수독이구나. 내 증상에 이름이 있는 것을 알고 조금 안심했다. 내 몸에 필요 이상으로 수분을 공급했던 모양이어서 하루 수분 섭취량을 조금 줄이라는 처방을 받았다. 또 생활에서 지켜야 할 주의 사항이 적힌 종이를 받았는데, 거기에 '식사할 때 서른 번은 씹고서 삼킬 것' 이외에 '과일, 단 음식, 차가운 음식 섭취를 삼갈 것'이라고 적혀 있었다! 서른 번 씹는 것은 괜찮은데, 단것이라면 껌뻑 죽는 내가 단 음식을 삼갈 수 있을까. 이런 생각을 하고 있는데, 선생님이 '삼갈 것'이라는 글자를 빨간 볼펜으로 긋더니, 그 위에 '금지'라고 적었다.

"삼가라고 적어 놓으면 안 삼갈 거죠?"

아아, 들켰다. 선생님, 진짜 신선일지도……?

그나저나 이걸 지킬 수 있을까? 다 내 몸을 위해서다. 일단은 처방받은 한약을 먹으면서 일상생활에도 주의를 기울여야지. 그렇게 한 달쯤 시험해보고 상태가 좋아지면 조금씩 단걸 먹는 방향으로 하자, 라고 벌써 자기 자신과 타협을 시작하는 나였다.

머리카락 풍성풍성 계획

내가 지금 다니는 미용실은 시부야에 있는 젊은 사람들 취향의 가게다. 몇 년 전부터 줄곧 그 미용실에서 머리를 잘랐으니까 나는 전혀 위화감이 없는데, 미용실 쪽에서는 슬슬 내게 위화감을 느끼지 않을까? 요즘 들어 불안해졌다. 내 머리를 담당하는 여성 미용사도 어느새 가게의 베테랑이 되었고, 얼마 전에 결혼도 해서 한층 어른스러워졌다.

어쩌지. 이대로 계속 다녀도 되려나?

좀 더 아주머니에게 어울리는 미용실로 옮길 시기에 접어든 것은 아닐까?

나는 머리숱이 많아서 미용실에 가면 늘 "가뿐하게 쳐주세요"라고 요구했다. 그런데 요즘 들어 평소처럼 숱을 치면 머리가 착 달라붙어서 초라해 보인다.

"저기, 내 머리요. 숱이 조금 준 것 같지 않아요?"

담당 미용사에게 지나가는 말처럼 물어보았다.

"전혀요, 괜찮은데요~"

이렇게 웃어주기를 기대했는데,

"하하, 저도 그렇더라고요~"

한참 나이도 어리면서 동의하지 뭔가!

결국, 나는 '머리카락 풍성풍성 계획'인지 뭔지를 의뢰했다. 머리카락을 가뿐하게 치는 것이 아니라 묵직해 보이도록 하는 헤어스타일이다. 층을 넣거나 시스루로 자르던 것을 그만두고, 풍성하고 볼륨감 있는 방향으로 변경했다.

"마스다 씨, 맡겨주세요! 지금 남아 있는 층을 조금씩 잘라서 1년 후에는 풍성한 스타일을 완성할 테니까요!"

믿음직스럽게 약속해주었으니 당분간은 이 젊은 사람들 취향의 미용실에 다니기로 한 나였다.

부족한 것만이 자꾸 눈에 띄고 마네

징글벨 숙제

숙제가 있는 하루하루가 신선하다. 얼마 전부터 다니기 시작한 피아노 학원에서 선생님이 매번 숙제를 내준다.

"자, 다음은 여기서부터 여기까지 숙제예요."

학원 교재에 빨간 색연필로 표시를 해주는데, 제대로 연습을 안 해 가면 겨우 30분인 수업이 전혀 진행되지 않는다. 부엌 식탁에 9천 8백 엔을 주고 산 작은 건반을 놓고 시간이 나면 연습하는데, 막상 선생님 앞에서 연주를 할 때면 긴장해서 잘 안 된다.

"집에서 열심히 했는데요."

선생님에게 주장해보지만, 제대로 못 하니까 말 그대로 변명 같다. 제자인 나는 이미 어른이고 선생님도 딱히 화를 내진 않지만, 역시 '선생님'인 사람에게는 칭찬을 받고 싶다. 그래서 집에 돌아오면 거듭 성실하게 숙제에 몰두하는 나다.

이제 곧 봄인데 숙제로 내준 '징글벨'을 반복해서 연주하는 나를 두고, 사정을 모르는 이웃 사람들은 어떻게 생각하려나……. 내 인격과 연관되는 문제이니 최대한 소리가 새어 나

가지 않도록 조심한다.

그나저나 배우는 건 재미있다. 어려서는 '주산'이나'검도'를 내가 먼저 배우고 싶다고 조르고서는 전부 다 실력이 붙기 전에 내팽개쳤다. 그런데 지금은 이렇게 즐겁게 학원에 다니다니, 이유가 뭘까? 내 돈을 내고 다니니까?

실력이 좀 더 나아지면 발표회도 있다고 하니까 친구를 꼭 초대해서 억지로라도 내 피아노 연주를 들려줄 것이다. 며칠 전에 만난 친구에게 포부를 말했더니,

"알았어, 알았어. 갈게."

건성인 대답이 돌아왔다. 금방 질리는 내 성격을 잘 아니까 그러는 거겠지만, 피아노만큼은 열심히 해내고 말겠다.

새내기

건강에 좋으면서 격렬하지 않은 운동이 뭐 없을까?

운동 부족인 나는 생각했다. 예전에 친구가 해보자고 해서 에어로빅을 했다가 기절할 뻔한 적이 있으니까, 가능하면 여유로운 운동이 좋겠다. 그래서 생각한 것이 태극권이다. 요가도 좋겠지만 뒤에 '권(拳)'이 붙은 점이 멋있어서 태극권으로 결정했다.

문화센터의 안내 전단을 봤더니 마침 강좌가 있어서 신청했고, 일주일에 한 번씩 평일 낮에 태극권을 배우는 중이다. 한 반에 열 명 정도인데, 수강생들은 40~60대 여성이 중심이다. 지금까지 계속 이어진 반에 새로 들어가는 것이니 말하자면 나는 새내기다. 개인 강좌와 달리 그룹 강좌는 인간관계에도 잘 신경을 써야만 즐겁다. 나는 새내기니까 최대한 겸손한 마음으로 다니고 있다.

'이 느낌, 뭐랑 비슷한 것 같은데. 뭐더라?'

문득 오래전 기억이 되살아났다.

그래, 새로 아르바이트를 하러 갔을 때나 취직했을 때의 그 느낌이잖아?

나 혼자 내부 사정을 잘 모른다. 어떤 사람이 베테랑이고 어떤 사람이 친절한지, 쉬는 시간에는 어디에서 쉬면 되는지, 가지고 다닐 물건은 이 정도면 괜찮은지. 새내기 시절의 나는 환경에 잘 적응하기 위해 눈을 동그랗게 뜨고 늘 필사적이었다. 나는 그런 종류의 압박에 강한 편이지만, 그래도 빨리 적응해서 편해지고 싶으니까 살짝 조급해졌다.

"노후에는 문화센터에서 여유롭게 강의라도 들으며 살고 싶어."

이런 말을 종종 듣는데, 사람들이 모이는 곳에는 '여유'뿐만 아니라 '두근거림'도 있다. 분명 몇 살이 되더라도, 한적한 요양 시설에 들어가더라도, 새로운 인간관계를 앞에 두면 마음이 팽팽하게 긴장할 것이다.

느긋한 시간

집안일을 하나둘 하다 보면 시간이 순식간에 흘러간다. 빨래, 화장실 청소, 설거지, 방 정리. 나는 혼자 사는 몸이니 각각의 양은 적을 텐데도 일단 시작하면 제법 시간이 걸린다.

이걸 가족 전부의 양만큼 하는 사람이라면 시간이 훨씬 더 걸리겠지?

무엇보다 나는 집에서 일하니까 시간에 융통성이 있지만, 밖에서 일하는 사람은 도대체 언제 느긋하게 쉬는 시간을 가질지 걱정스럽다. 다른 사람은 어떨지 몰라도, 나는 하루 중 느긋하게 보내는 시간이 없다고 생각만 해도 숨이 막히는 기분이다.

나는 느긋한 시간을 보내기 위해서 얼마간 노력도 기울인다. 이를테면, 만나자는 친구의 연락을 거절하기도 한다.

'오늘은 저녁에 혼자 케이크를 먹으러 갔다가, 슈퍼에 들러서 대충 구경하고, 마사지를 받고 집에 와서 느긋하게 쉬어야지. 그리고 이것저것 사색에 잠길 거야.'

이런 계획을 세우고 집안일과 여러 일들을 열심히 처리한

날은 갑자기 저녁에,

"오늘 시간 있니?"

라며 친구가 전화를 걸어도 꾹 참는다. 감기 기운이 좀 있어서……, 라며 꾀병 핑계를 대는 것도 전부 나의 '느긋한 시간'을 위해서다. 어쩔 수 없다.

나는 한참 더 노력해야 한다. 그렇게 생각하기에 열심히 달리는 중이지만, '느긋한 시간'도 희생하고 싶지 않다. 정신없이 하루를 마치면, 반대로 마음이 초조해져서 불안하다.

나만을 위한 하루인데 나에 대해 생각할 시간이 없다니 싫은걸. 이런 소리나 하는 내 미래는 괜찮을까요…….

소녀다운 시간

이따금 친구들과 어울려 연극이나 가부키를 보러 가는데, 공연을 본 후에 다 같이 먹는 저녁도 즐거움 중 하나다.

얼마 전에 배우 후지야마 나오미와 사와다 겐지의 「메오토 젠자이」라는 연극을 보고, 여자 여섯 명이 어울려 초밥을 먹으러 갔다.

“미리, 그거 알아? 24시간 영업하는 초밥집이 되게 많대.”

그렇게 이야기하는 친구들을 따라 츠키지 어시장에 갔더니, 패밀리 레스토랑처럼 건물이 화려한 대형 초밥집이 참 많았다. 아이돌의 노래가 흐르는 번쩍번쩍 눈부신 가게에서 먹는 초밥은, 저렴하면서도 제법 맛있었다. 하기야, 재잘재잘 수다를 떨고 왁자지껄 웃으며 하는 식사라면 맛도 당연히 몇 배로 할증된다.

그나저나 여자들이 이만큼 모이면 대화 주제는 자연히 ‘미용’이 된다. 그날 밤도 허브 미용법이니 피부과에서 만든 화장품이니, 새로 생긴 한방 전문점이니, 한국의 미용 성형 이야기 등으로 신났다. 특히 모두가 관심을 보인 주제는 레이저로 얼굴 기미를 없애는 시술이었다.

그거 효과가 어떨까? 가격은 얼마나 하려나? 어디 병원이 괜찮다고 들었어. 어머, 정말?

초밥을 우물거리며 하는 시장 조사다. 직원이 오거나 말거나, 옆자리에 들리거나 말거나 전혀 신경 쓰지 않는 우리지만, 소녀다운 마음만큼은 잊지 않았다. '레이저 기미 제거'가 우리의 소녀다운 마음을 마구 간질여주었다.

예뻐지면 좋겠다. 모두 고개를 끄덕이며 마지막으로 디저트를 주문했다. 우리는 호박 아이스크림이나 사과 콤포트를 입에 넣으며, 문득 생각났다는 듯이 오늘 본 연극 이야기를 나누고 초밥집을 나섰다. 당연히 계산은 철저하게 더치페이다. 이 세상 남자들은 이해할 수 없는, 어른 소녀들이 즐기는 자유시간이다.

문득 누군가에게

알리고 싶어지는 생일

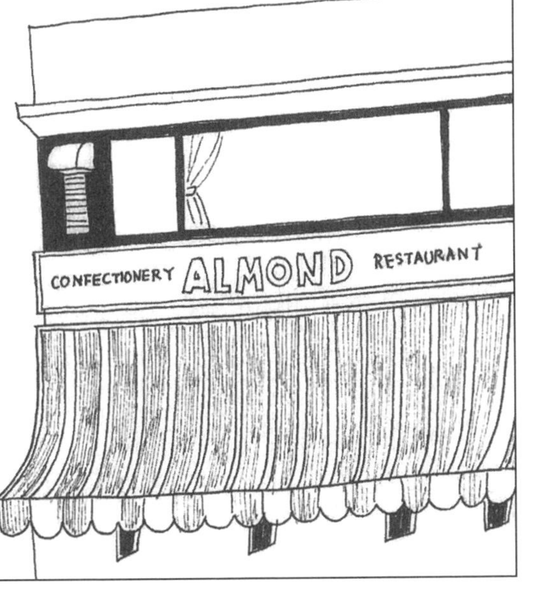

눈물이 났어요

엄마 이야기를 쓴 책을 출판했는데, 그 책을 읽은 분들이 "눈물이 났지 뭐예요"라는 감상을 출판사에 전했다고 한다. 그것도 한두 건이 아니고 수가 상당하다고. 나는 고개를 갸웃거렸다.

어느 부분에서 눈물이 났을까?

참고로 그 책은 우리 엄마 이야기를 쓴 만화 에세이인데, 그냥 실없는 일상 이야기들이다. 예를 들면, 고양이 일러스트가 프린트된 옷을 좋아한다거나, 화분에 100엔 숍에서 산 인형을 장식한다거나, 노래방이라면 사족을 못 쓴다거나, 좋아하는 새우튀김을 먹고 식중독에 걸린다거나.

이렇게 적어 놓고 보니 눈물이 난 이유를 점점 더 모르겠는데, 감상 편지에 따르면 웃겨서 눈물이 난 게 아니라 애틋해져서 눈물이 났다고 한다. 그중에는 '도중부터 눈물이 멈추지 않더라고요'라는, 순애 소설 같은 열렬한 메시지도 있었다. 또 마지막에 이런 문장으로 끝나는 편지가 많았다.

'저도 엄마와 대화를 나누고 싶어졌어요.'

그런가요? 도움이 됐다니 다행이에요. 이런 편지들이 기뻤지만, 여전히 수수께끼는 깊어질 뿐이다.

나는 내 책을 대할 때면 자꾸 딴 세상 이야기처럼 여겨진다. 전철에서 읽고 있는 사람을 본 적도 없고, 서점에서 샀다는 사람과 만난 적도 없다. 정말로 누가 읽어주긴 하나? 이렇게, 왠지 모르게 반신반의다.

다른 이야기를 좀 보태면, 내 책이 나오면 엄마가 항상 전화를 건다.

"사인해서 서른 권쯤 보내줘."

그러면 엄마는 그 책을 동네 사람들에게 나눠주……는 것이 아니라, 빈틈없이 팔고 다닌다. 아무래도 고향의 동네 사람들만은 내 책을 확실히 사서 읽어주는 듯한데, 불편을 끼치는 것은 아닌지 심히 걱정스럽다.

종아리 털 사건

발 마사지를 좋아해서 자주 받으러 다닌다.

꾹꾹 눌러서 아픈 마사지가 아니라, 부드럽게 하는 서양식 마사지다. 오일이나 파우더를 써서 발바닥에 있는 몸 전체의 혈을 손가락으로 자극해주어 혈액이나 림프액의 흐름을 원활하게 하는 방식이다. 마사지를 받는 동안은 심신이 다 편해져서 깜빡 잠이 들 정도로 기분이 좋고, 끝난 다음에도 발이 가벼워져서 기운이 넘친다. 한 번 받아봤다가 완전히 빠졌다.

집 근처에 마사지숍이 있어서 평소에는 그곳을 이용하는데, 며칠 전에 외출했다가 발견한 새로운 발 마사지숍에 불쑥 들어갔다. 접수처에서 돈을 내고 안내를 받아 소파에 앉았다. 그리고 곧 당황했다.

세상에, 남자가 담당이잖아! 게다가 젊고 잘생겼잖아.

내 심장이 두근두근 빠르게 뛰었다. 기쁨에서 오는 두근거림이 아니다.

아악, 종아리 털을 안 밀었는데!

지금까지 여자에게만 마사지를 받아온 탓에 방심했다. 왜

냐하면 여자끼리는 너그럽게 봐주리라 믿었으니까.

“유난히 피곤하다고 느끼는 부분은 없으세요?”

마사지를 시작하기 전에 질문을 받았는데, 뭐라고 대답했는지 기억도 안 난다. 무릎 아래부터 발바닥까지 정성껏 마사지해주는 이 잘생긴 청년이 ‘으악, 종아리 털 좀 봐’라고 생각할 게 분명하다고 상상하기만 해도 옆구리 아래에서 식은땀이 주르륵……. 벗겨진 페디큐어나 발가락 털도 신경 쓰이기 시작해 편해지기는커녕 끝까지 긴장한 상태였다.

아마도 나처럼 칠칠치 못한 여자를 여럿 봤을 그에게 안타까움을 금치 못했던 발 마사지였다.

릴랙스 여행

릴랙스 여행을 정기적으로 가자. 회사원 시절에 만난 옛 동료와 둘이서 이렇게 정했다.

첫 번째 여행으로 이시카와현*의 온천 수영장이 딸린 리조트 호텔에 다녀왔는데, 거기에서 우리는 '릴랙스'에 맛을 들였다. 또다시 각자 돈을 모아서 올해는 아타미**에 있는 리조트 호텔로 두 번째 여행을 떠나기로 했다. 나는 도쿄, 친구는 오사카에서 출발하니까 같이 여행을 간다기보다 현지 집합인 느낌이랄까?

릴랙스 여행이란 관광 없이 호텔 안에서 멍하니 지내는 것이 기본인데, 피부 미용 포함 상품을 선택한 우리에게는 매일 피부 미용 이벤트가 있었다.

전문가가 마사지와 팩을 해주면,

'내가 지금 소중하게 여겨지고 있구나.'

---

* 일본 중부에 있는 현. 현청 소재지는 가나자와.

** 일본 이즈 반도 북동쪽에 있는 온천, 관광 도시.

라는 생각이 들고, 내 육체의 의미를 실감하게 되어 기분이 좋아진다. 룸이 아홉 개뿐인 소규모 호텔의 직원들은 전부 젊었는데, "요즘 젊은것들은……"이라고 툭하면 중얼거리는 어르신들에게 보여주고 싶을 정도로 접객 태도가 훌륭했다.

밤늦게까지 과자를 먹으며 둘이서 수다를 떨었다. 직장에서 처음 만난 스무 살 무렵에는, 이렇게 16년이 지난 후에 둘 다 독신일 줄은 상상도 안 했다면서 같이 웃었다. 그것은 비굴한 웃음이 아니라 화창한 하늘처럼 시원시원한 웃음이다.

서른여섯 살인 나는 도쿄에서 일러스트레이터로, 친구는 다른 회사로 이직해 새로운 일을 하고 있다. 선택한 길은 다르지만 스스로 결정해온 것이므로, 스무 살 때 꿨던 꿈과 달라도 웃을 수 있다.

"내일부터 또 열심히 일하자."

아타미 역에서 오랜 친구와 헤어지고 다시금 각자 생활로 돌아갔다. 2박 3일, 릴랙스를 위하여 지불한 돈은 한 사람당 6만 2천 엔. 즐거웠으니 아깝지 않다. 또 차곡차곡 저금하면 되니까.

크지도 작지도 않은 등신대

만담 애호가

만담을 좋아하는 친구가 많아서 나도 가끔 같이 보러 간다. 며칠 전에는 젊은 만담가들이 여럿 나오는 공연장에 5시간이나 하는 만담을 들으러 다녀왔다. 처음에 친구가 '오후 2시에 공연 시작, 오후 7시에 종료'라고 알려줬을 때는 조금 무리일 것 같았는데, 실제로는 그렇게 길게 느껴지지 않았다. 5시간 내내 만담을 듣는 게 아니라 중간에 한 번 쉬는 시간이 있어서 그 시간을 이용해 밖으로 나가 밥을 먹기도 해서 괜찮았다. 참고로 이 중간 휴식을 만담 공연장에서는 '나카이리'라고 말한다.

"나카이리 때 뭐 좀 먹으러 다녀올까?"

전문용어를 말하는 내가 멋있다고 생각하기도. 하지만 나 같은 벼락치기 만담 팬과 다르게 오래전부터 팬이었던 사람들이 공연장에 꼭 있는데, 이들은 젊은 만담가가 무대 위에서 예전 만담가들 흉내를 내면 약간 과하다 싶을 정도로 웃는다. 만담의 과거를 모르는 나는 혼자 덩그러니 남겨져서 쓸쓸하지만, 오랫동안 만담 팬으로 있어준 사람들을 위한 서비스라고 생각하면 관대해진다.

젊은 만담가, 라고 하지만 무대에 오르는 사람의 연령은 나와 비슷한 30대인데, 다양한 직업 중에서 만담가를 선택하다니 대단하다 싶어서, 매번 공연장에 가면 감탄 어린 눈으로 바라본다. 스승님의 집에서 청소를 하거나 장을 보거나, 잘은 모르지만 그런 수행까지 포함된 세계에 뛰어들었다고 생각하면, '앞으로 꼭 훌륭한 일인자가 되세요' 하고, 엄마라도 된 듯한 기분이……

그런데 고백하자면, 나는 아무리 자주 보러 가도 만담가들의 얼굴과 이름을 일치시키지 못하므로 만담 애호가와는 거리가 먼 사람입니다.

그런 날도 있다

아, 왠지 그냥 다 싫어졌어.

혼잣말을 했다는 의식도 없이 무심코 이런 말이 나와버릴 때가 있다. 특별한 뭔가가 싫은 것은 아니다. '허무하다'라는 느낌과 비슷한 기분이다. 저녁 찬거리를 사서 돌아오는 길, 역 개찰구를 나와 걸음을 걷는 순간, 마른빨래를 걷으며 올려다본 밤하늘. 특별할 것 없는 매일을 살다가 이유 없이 마음이 허해지는 순간은 누구에게나 있을 것이다.

그런데 사람에 따라서는,

"꾸물꾸물 고민만 하면 안 돼."

라며, 허무함과 '꾸물꾸물'을 뒤섞어서는 적극성이 부족한 탓으로 치부한다. 한발 양보해서 설령 '허무함'과 '꾸물거림'이 같다고 해도, 사람은 꾸물거려도 괜찮다. 꾸물꾸물 고민하고 침울해져서 "아아, 왠지 그냥 다 싫어졌어"라고 투덜대면서 잠드는 밤이 있어도 괜찮다고 생각한다.

"아아, 왠지 그냥 다 싫어졌어!"

만약 내 친구가 이렇게 옆에서 말한다면, 나는 "맞아, 그럴 때가 있어"라고 고개가 부러질 정도로 끄덕여주고 싶다. 노력한다고 해서 반드시 보상받지 못하는 매일을 살아가는 동지로서, '싫어진 클럽'을 만들고 싶을 정도다. 다만, 허무한 기분은 각자 스스로 없애야 하므로 클럽을 만들어도 별다른 도움은 안 된다. "그럴 때가 있어"라고 그저 동의할 뿐이다.

그런데 감사하게도, 허무한 기분은 예를 들어 "채소도 잘 챙겨 먹니?"라는 엄마의 사소한 전화 한 통으로 날아갈 때도 있어서 마음이 든든하다. 책을 한 권 읽거나 발 마사지를 받으러 가거나, 별것 아닌 일로 '그래도 어떻게든 잘 해내야지'라고 힘을 얻기도 한다. 그런 심리 변화를 되풀이하면서 살아가는 하루하루지만, 그래도 허무한 기분을 만족할 만큼 맛보는 감각을 간직한 채 살고 싶다.

한 간*

이사를 앞두고 가구를 보러 다니는 중이다. 예산 안에서 원하는 물건을 고르는 일은 소풍 가서 먹을 간식을 고르는 어린 시절처럼 즐겁다.

그러다가 동네의 카펫 전문점에 갔을 때 겪은 일이다. 카펫의 색과 크기를 자세히 물어보려고 주인아저씨에게 말을 걸었다. 아저씨가 속사포 같은 말투로 우다다다 쏘아붙여서 잘 알아들을 수 없었다.

"그러니까 한 간 정도면 되겠네요."

아저씨가 이렇게 말했다.

"한 간이라면 사이즈가 어느 정도죠?"

질문하자, 아저씨는 내가 들고 있던 수첩에 '一間'이라고 한자를 쓰더니, 업신여기듯이 이런 말을 덧붙였다.

"한 간이 뭔지 모른다면, 중학교 다닐 때 제대로 공부를 안 했다는 증거요."

---

* 길이의 단위로 한 간은 1.81818미터에 해당한다.

나는 말문이 막혀 입을 다물었다. 그런 소리를 왜 입 밖으로 꺼내는 거지? 내 몸이 순식간에 뜨거워지는 것을 느꼈다. 눈물이 살짝 고였다. 이봐요, 아저씨, 그럼 중학생 때 배운 원소기호를 전부 말해봐요. 속으로 이렇게 중얼거리며 터덜터덜 가게를 떠난 나다.

그 아저씨처럼 둔감한 사람에게 매번, 매번 심하게 상처를 받는다. "세상에는 이런 사람도 있고 저런 사람도 있으니까" 누가 이런 말로 위로해주더라도 도저히 미소 짓지 못하겠다. 상처가 마음속 깊이 파고들어 점점 더 괴로워진다. 하지만 그 아저씨는 자기 농담 때문에 상처를 받은 사람이 있음을 알 리가 없다. 혹시 자기가 비슷한 소리를 듣더라도 아무렇지 않은 다부진 마음의 소유자일 테니까.

나는 그런 다부진 마음 따위 부럽지 않다. 원하지도 않는다. 확실하게 상처를 받는 나 자신이, 그 아저씨보다 훨씬 더 마음에 든다. 마지막에는 그렇게 나를 달래면서 간신히 마음을 진정시켰다.

선생님의 꿈

올해 들어 배우기 시작한 피아노인데, 점점 연주곡이 어려워졌다. 연습을 해도 실력이 잘 늘지 않아서 수업을 받으러 가도 좀처럼 합격을 하지 못한다.

"자, 이 곡은 다음 수업 때까지 한 번 더 연습해 오세요."

선생님은 여전히 친절했지만, 연습을 땡땡이치는 걸 다 알아차린 모양이다. 이대로는 안 되겠다 싶어 다시 마음을 먹고 집에 돌아와 연습했지만, 초반과 달리 왼손이 나서는 기회가 많아져서 쉽지 않았다. 오른손과 왼손에 각각 다른 일을 시키다니, 이렇게 어려운 문제가 다 있나. 시범 삼아 연주해주는 선생님의 손가락을 보면, 아무리 해도 저렇게 연주하지는 못하겠다는 생각이 들어 울적해진다.

그런데 수업 중에 선생님이 이런 이야기를 해주었다.

"요즘도 음대에 다니던 시절의 꿈을 꿔요. 내일 시험을 앞두고 연습을 하는데 손가락이 안 움직이는 거예요. 평소에 아무리 잘 치더라도 시험 날 한 군데라도 실수하면 큰일이죠. 그래서 시험 전날에 잔뜩 긴장하던 시절의 꿈을 꾸고 괴로워하면서 깨곤 해요."

젊은 시절의 선생님이 피아노를 잘 치지 못해 괴로워하는 모습을 상상했다. 그렇다. 이렇게 대단한 사람도 힘들었다는데, 내가 금방 실력이 늘지 않는 건 어쩔 수 없다. 또 나는 시험을 치를 일도 없으니까 편하게 어깨 힘을 빼고 꾸준히 연습을 하면 된다. 빨리 실력을 향상해서 어려운 곡을 우아하게 연주하고 싶다고, 무심코 욕심을 부린 자신을 반성했다.

그런데 요즘 들어 더 어려운 문제가 나를 기다리고 있었다. 오른손과 왼손에 더해 오른발까지 사용해야 한다. 피아노의 페달을 신경 쓰면 손가락이 안 움직이고, 발에 집중하면 손가락이 정지한다. 수업이 끝나면 잔뜩 긴장한 탓에 땀범벅이 되고 만다.

아직은 과거보다

내일로 나아가고 싶어

행운의 은구슬

그다지 추천할 생각은 없지만, 나는 파친코를 좋아한다. 좋아는 해도 대충 한 달에 두세 번쯤 훌쩍 들르는 정도이고, 쓰는 돈도 5천 엔가량이다.

파친코를 안 하는 친구들은 하나같이 입을 모아 이렇게 묻는다.

"뭐가 재미있어?"

그렇게 물어봐도 대답하기 어려운데, 몇 번인가 찾아오는 손끝이 화르르 뜨거워지는 순간의 그 느낌이 좋다. 돈을 따면 당연히 즐겁다. 따지 못하더라도 리치*가 여러 번 나와 심장이 마구 뛸 때의 기분도 나쁘지 않다.

파친코를 해본 적 없는 분을 위해 간단히 설명하자면, 대박이 나기 직전에는 리치라는 것이 온다. 이 리치에도 종류가 다양한데, 시간이 길고 화려한 리치일수록 대박이 날 확률이 높

---

* 숫자 세 개 중에 두 숫자가 일치하거나 크게 딸 수 있는 가능성이 있을 때를 말한다.

다. 단, '확률이 높다'고 꼭 대박이 나지 않는 것이 묘미다. 파친코 기계의 불이 반짝반짝 빛나고 화면 속 등장인물이 요란하게 대사를 외쳐서,

"이거 틀림없이 대박이야!"

숨을 헐떡이는데 미끄덩……. 기대감을 자극하는 시간이 길면 정말이지 더 화가 난다. 한편으로 화려한 리치가 아니라서 전혀 기대하지 않았다가 번쩍 대박이 나서 기절초풍할 때가 드물게 있다. 그때는 그 자리에서 펄쩍 뛸 정도로 기쁘다. 하지만 대박이 났다고 너무 기뻐하면, 따지 못한 사람들의 심기를 거스를 테니 짐짓 아무렇지 않은 척한다.

아무리 노력하고 또 노력해도 열매를 맺지 못할 때가 있고, 어느 날 갑자기 행복을 움켜쥐는 순간도 있다. 파친코를 하면서 나는 나 자신을 생각한다. 나도 언젠가는, 이런 식으로 뜻하지 않게 인정을 받는 날이 올지도 모르잖아? 파친코와 나 자신을 겹쳐보는 것이다.

엄마의 푸념

아타미로 여행을 갈지 말지 둘이서 고민한 끝에, 박람회를 보러 가기로 했다. 파트너는 엄마다. 내 이사를 도우려고 오사카에서 도쿄로 와준 엄마를 배웅하는 김에, 나고야에서 개최 중인 아이치 지구박람회에 갔다. 사전 정보 하나 없이 훌쩍 간 거여서, 인터넷으로 예약이 가능한 줄도 몰랐기에 인기 전시관을 보려고 2시간이나 줄을 섰다. 그래도 열심히 수다를 떨었더니 생각만큼 힘들지 않았다.

오사카 만국박람회 때, 나는 만으로 한 살이었다. 아버지와 엄마는 어린 나를 같은 단지의 이웃에게 맡기고 둘이서 보러 갔다고 한다. 성격 급한 아버지가 월석을 보려고 장시간 줄을 섰다고 생각하면 왠지 미소가 지어진다.

그런 아버지도 이젠 정년퇴직을 하여 지금은 엄마와 단둘이 산다. 엄마는 그 생활이 조금 답답한 모양이다.

"밥을 먹으면 그냥 그 자리에 둔다니까. 설거지까지 하라고는 안 하겠는데 싱크대에는 가져다 놓으면 좋겠어."

아무래도 이사를 돕는 것은 구실이고, 막 정년퇴직한 아버지와 지내는 일상에서 벗어나 한숨 돌릴 겸 도쿄에 온 모양이다. 여행 도중에도, 본가 근처로 시집을 간 여동생이 엄마 휴대폰에 전화를 걸 때마다, "집안일은 안 해도 된다. 너희 아버지도 내 고마움을 알아야지" 이렇게 못을 박았다. 그리고 "아아, 자유로워지고 싶구나"라며 땅이 꺼질 듯이 한숨을 내쉬었다.

그러면서 한편으로는, "너희 아버지, 요즘은 쓰레기를 버려주니까 고맙지 뭐니" 이렇게 자랑도 하고, 아버지에게 줄 선물도 왕창 샀다. 박람회에서는 엄마가 키코로와 모리조* 그림이 그려진 우이로**를 사는 모습까지 목격했다. 아버지는 우이로를 참 좋아한다. 신칸센 나고야역까지 엄마를 배웅하면서, 딸 입장인 나는 부부란 참 재미있다고 곰곰이 생각했다.

---

* 키코로와 모리조는 2005년 아이치 지구박람회의 마스코트 캐릭터.

** 나고야의 명물 화과자.

누가 더 젊어 보여요?

누가 내 나이를 물어보면 그 자리에서 바로 대답한다.

"몇 살처럼 보여요?"

이런 소리를 해서 남을 곤란하게 만들면 안 된다고 생각해서다.

애초에 "몇 살처럼 보여요?"라고 묻는 사람은 대부분 자기가 젊어 보인다고 믿는 구석이 있어서, 그 믿음을 존중해줘야 하기 때문에 유난히 긴장하게 된다. 정확하게 맞추면 흥이 깨지고, 너무 젊게 말해도 김빠진다. 순간적으로 아주 조금 어린 숫자를 말하기가 보통 어려운 게 아니다.

"몇 살처럼 보여요?"라고 묻는 쪽은, 상대가 조금 어리게 말해주면 그 후에 진짜 나이를 말해서 "오오, 전혀 그렇게 안 보이는데요!" 하고 놀라주기를 바라는 거겠지? 그렇게 짐작해서 기대에 부응해주려고 하는데, 나는 자꾸만 식은땀이 흐른다.

또 비슷하게 곤란한 것이, "누가 더 젊어 보여요?"라고 두 사람이 하는 질문이다. 특히 중년을 넘어선 남성들이 자주 이렇게 묻는데, 솔직히 말해서 불편합니다! 한쪽 체면을 세워주면 다른 한쪽의 체면이 깎인다. 어쩌라는 거냐고요.

얼마 전에도 이런 상황에 맞닥뜨린 나는 당황해서 어쩔 줄 몰랐다. 그런데 그때, 기막힌 도움의 손길이 있었다. 내 곁에 있던 여성이 질문에 질문으로 대답한 것이다.

"제일 처음으로 산 레코드가 뭐였어요?"

이 질문, 반짝반짝 재치가 넘친다. 제일 처음에 산 레코드로 나이를 맞춰보겠다는 흐름인데, 실제로는 그 순간부터 음악으로 화제가 차츰차츰 옮겨가서 나이 이야기는 없었던 일처럼 된다.

좋아, 다음부터는 이 방법을 써야지. 하지만 "몇 살처럼 보여요?"에는 어떻게 대처하면 좋을지, 아직 잘 모르겠다.

가장 소중한 것

언젠가 죽을 텐데 뭘 이렇게 잔뜩 끌어안고 살지?

이사를 하려고 짐을 싸다가 나는 갑자기 한심해졌다. 3년은 안 입은 옷, 20년 가까이 다시 펴보지 않은 책, 마시지 않는 홍차, 낡은 모자, 사이즈가 안 맞는 신발, 초점이 나간 사진, 안 입는 스타킹, 키홀더, 빛바랜 엽서, 예전에 쓰던 휴대폰, 마음에 안 드는 장신구, 안 쓰는 상자, 많아도 너무 많은 머그잔, 앉지 않는 의자, 자투리 천, 안 어울리는 머플러, 안 들어가는 청바지, 어쩔 수 없이 받은 사인본.

언젠가 필요할지 모른다고 생각하면서 전혀 쓰지 않는 것에 둘러싸여 살아가는 나.

버리자. 깨끗한 물건은 동네에서 열리는 자원봉사 벼룩시장에 기부하자.

그렇게 상당수 물건을 처분했는데도, 이사하는 날 아침에 서른 개나 되는 상자가 방에 쌓였다.

물건을 잔뜩 소유하는 것은 왠지 서글프게 느껴진다. 왜 그럴까? 자신에게 무엇이 가장 소중한지 모르는 것만 같아서 불안해진다.

나의 가장 소중한 것? 이삿짐센터 청년이 트럭에 상자를 옮기는 모습을 지켜보며 생각했다. 나는 자식도 없고 반려동물도 없다. 취미로 수집하는 것도 없다. 이 방에서 가장 소중한 것이라면…… 지금 그리는 만화 원고일지도.

내 원고가 가장 소중하다고 생각하면 왠지 마음이 놓인다. 지금 내가 걷는 이 길이, 나와 잘 맞는다는 것일 테니까.

웃어, 웃어야지

전철 안에서 화장하는 여성을 두고 길거리 인터뷰를 한 방송을 우연히 텔레비전으로 봤다. 남녀 모두 화를 내는 사람이 다수였다. 화장은 집에서 하는 것이라느니, 여자로서 조심성이 부족하다느니, 화장 자체가 부끄러운 행위인데 남들 앞에서 해선 안 된다느니, 분가루가 날려 폐를 끼친다느니, 꼴도 보기 싫다느니. 대체로 이런 의견이었다. 나는 전철에서 화장하는 것에 대한 의견보다 '화장' 자체를 바라보는 인식 차이에 놀라고 말았다. 여자다움이란 도대체 뭘까…….

그중에 한 아주머니만은 조금 달랐다.

"나는 귀엽던데요. 열중한 모습도 그렇고, 순서대로 척척 해 나가는 게 꼭 마술 같잖아요?"

이런 답변이었다. 나는 그 아주머니에게 확 사로잡혔다.

사로잡힌 이유는 아주머니의 미소였다. 즐겁고 명랑함 그 자체인 미소를 보고 기분이 좋아졌다.

'와, 멋진 미소를 봤어!'

세월을 살아온 사람의 미소가 멋지면 남녀 불문하고 아름

다워서 반하게 된다.

예전에 빵집의 젊은 여성 아르바이트생이 "손님을 대할 때는 웃어야지!"라고, 점장인 아저씨에게 야단맞는 모습을 목격한 적이 있는데, 나는 그 점장의 웃는 모습을 한 번도 본 적이 없었다. 매번 바빠 죽겠다는 듯이 뚱한 표정의 점장 아저씨다. 그런 사람에게 "웃어, 웃어야지"라고 혼이 나는 그 아르바이트생이 안쓰러워서, 나는 빵을 건네준 그녀에게 최대한 다정한 미소를 지으며 인사했다.

"고마워요."

그러나 그녀에게 내 미소는 아마도 전해지지 않았을 것이다. 불쌍하게도, 계산대 앞에서 위축되어 잔뜩 움츠러든 그녀. 그때를 떠올리면 지금도 가슴이 시큰시큰 아프다.

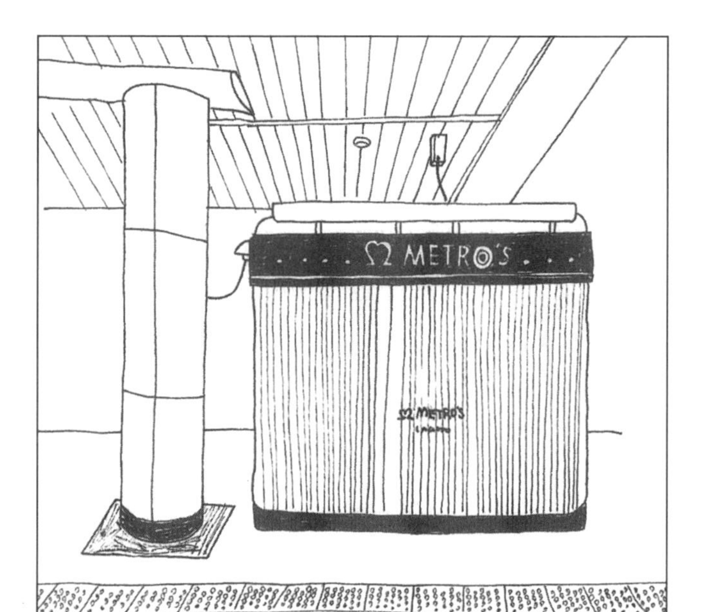

강해진다고 꼭

세상에 찌드는 건 아니야

진홍색 정열

새로 배우기 시작한 태극권. 포즈를 잘 기억하지 못해 분투 중이다.

내가 배우고 있는 태극권은 문화센터에서 운영하는 강좌 중 하나인데 탈의실 광경이 몹시도 유쾌하다. 플라멩코 의상으로 갈아입는 사람 옆에 발레 수업을 마치고 의상을 벗는 사람이 있다. 거기에 뒤섞여 태극권 팀도 옷을 갈아입는다.

평일 낮인 이유도 있어서 수강생들은 내 엄마뻘 세대인 50대와 60대가 중심이다. 화사함보다는 '왁자지껄'한 공간이다. 옷을 갈아입으면서 저녁 반찬 이야기로 수다 꽃을 피우는데, 항상 나도 모르게 집중해서 듣는다.

즐거운 대화만 있진 않다. 질병이나 간병에 관한 이야기도 들린다. 특히 간병 이야기는 고생이겠다 싶어서 마음이 무거워질 때도 있다. 다만, 그런 말이 들리는 쪽을 돌아보면 새빨간 플라멩코 의상을 입은 아주머니들이…….

나는 그럴 때면 황홀해진다. 매일 살아가면서 여러 가지 문제를 안고 있지만, 일주일에 한 번은 플라멩코를 추려는 그 강한 정신에 황홀해지고 만다.

"다 늙어서 그런 의상이나 입다니."

이렇게 우습게 보는 사람이 있다면, 시시하기 짝이 없는 인간일 것이다. 나이에 맞게, 남자답게, 여자 주제에, 이 얼마나 답답한 말인가. 굳이 답답함 속에 자신을 밀어 넣고 살 필요가 있을까.

적어도 나는 그런 말을 안 하면서 살고 싶다. 그러는 편이 즐겁게 살 수 있고 또 훨씬 멋있으니까.

아버지의 따스함

매년 아버지는 백중날 선물을 보낸다. 백중 때에 더해 연말에도 선물을 보낸다. 상경하고 10년이 지났는데 10년간 한 번도 빠짐없이 도착했으니, 앞으로도 아버지가 건강하신 동안에는 변함없이 내게 도착할 것이다.

아버지의 백중이나 연말 선물은 하나가 아니다. 반드시 세 가지 품목으로, 전부 먹을 것이다. 올해는 지금까지 '명란젓'과 다양한 종류의 '쌀 과자'가 도착한 상태인데, 앞으로 마지막 품목인 '과일'이 도착할 것이다. 아마도 '복숭아'나 '체리'일 것이다. 종류가 다양해야 즐거울 거라는 아버지의 생각이라고 한다. 엄마가 그렇게 귀띔해주었다. 참고로 연말 선물로 주로 보내는 품목은 '전골용 고기'와 '차'다.

아버지는 전화를 싫어해서, 나는 선물을 받아도 고맙다는 전화를 하지 않는다. 엄마 휴대폰에 '도착했어요'라는 메시지를 보낼 뿐이다. 그러면 엄마가 아버지에게 전달하고 상황 종료. 이렇게 담백할 수가 없다.

아버지도 엄마도, 주택단지에서 조촐하게 노후를 보낸다.

정년퇴직 후, 아버지는 한 달에 몇 번쯤 분재 쓰레기를 버리는 아르바이트를 하는데, 그래봤자 수천 엔 정도 벌이다. 그 돈을 한 푼 두 푼 모아 1년에 두 번, 결혼한 여동생과 나에게 백중과 연말 선물을 보낸다. 도쿄에는 각종 물건이 넘치므로 아버지가 굳이 보내지 않아도 충분하지만, 아버지는 딸인 우리에게 보내고 싶은 거겠지. 그렇게 생각하면 군말 없이 받아야 효도라는 생각이 든다.

사춘기 때는 아버지가 정말 싫었다. 어른이 된 후에도 대판 싸워 말도 안 붙이던 시기도 있었다. 하지만 지금은 건강하시면 좋겠다. 싫은 면이 좋아지진 않겠지만, 아버지는 아버지 나름대로 우리를 사랑해주는 것을 잘 알고 있다.

포기하지 않겠어

이삿짐도 간신히 정리를 마쳐 드디어 평소 생활로 돌아왔다고 생각했는데, 생뚱맞게 번거로운 사건이 생겼다. 퇴거한 집의 보증금이 거의 반환되지 않은 것이다. 부동산에 지불한 청소 요금을 계산해보니 17만 엔. 맡겼던 보증금의 고작 삼 할 정도만 돌려받았다. 4년간 방도 깨끗하게 썼고 부순 것 하나 없으며, 나는 담배도 피우지 않는다. 그런데도 방을 청소하는 요금이 이렇게나 많이 든다고?

자, 어떻게 하면 좋을까?

이런 식으로 생각하게 된 나 자신에 조금 놀랐다. 예전의 나였다면 십중팔구 금방 단념했을 것이다. '어쩔 수 없지, 내가 아무리 항의해도 만만치 않은 사람들이니까 이길 리가 없어' 이러고 백기를 들고도 남았다. 그러나 지금은 쉽게 포기할 마음이 없다.

10년 전, 기댈 곳 하나 없이 나 홀로 상경해서 일러스트 일감을 따기 위해 영업하러 다녔고, 괴로운 일도 셀 수 없이 겪었으며, 지금도 여전히 힘든 일이 무지무지 많다. 그렇게 부지런히 일해서 번 돈을, 납득할 수 없는 이유로 빼앗기는데 잠자코 있을 수 없다. 그러면 내가 너무 불쌍하다.

그래, 몇 년 전에 원고료를 한 푼도 안 준 출판사가 있었는데, 그때도 경리 담당자에게 포기하지 않고 몇 번이나 전화를 걸어서 전액 받아낸 적이 있잖아.

이번에도 똑똑히 주장해보자. 이런 금액으로는 납득할 수 없다고 항의하자. 해도 안 된다면, 어떤 법률이 나를 도와줄 수 있는지 공부하는 것도 괜찮지 않겠어? 이렇게 생각하자 점점 기운이 난 나였다.

나는 새는 뒤를 어지르지 않는다

이사를 마친 뒤, 퇴거한 집의 보증금을 거의 돌려받지 못해서 부동산에 항의하기로 했다. 상대는 일도 잘하고 만만치 않아 보이는 아주머니이니, 전화를 걸면 나 같은 사람은 구워삶아질 것이 뻔하다.

이번에는 전화가 아니라 편지를 쓰기로 했다. 내가 쓰는 애송이 같은 글자로는 항의해도 믿음직스럽지 못하다. 컴퓨터의 딱딱한 글씨가 효과적이리라. 원고를 쓸 때와 비슷한 마음으로 기운을 끌어모아 컴퓨터 앞에 앉았다. 금액을 납득할 수 없다는 점, 방 청소 요금의 견적서를 보고 싶다는 점을 짧은 문장으로 표현해서 당장 우체통에 넣었다. 왠지 내가 훌륭한 어른으로 성장한 기분이다.

자, 이제부터 어떻게 하면 될까. 견적서를 보여달라고 해서, 부당해 보이는 점을 찾고 그다음에는? 처음 겪는 일이어서 하나도 모르겠다. 갑자기 훌륭한 어른이 아니게 된 나…….

일단 아는 사람들에게 연락해 물어보았더니, 하루면 결론이 나는 소액 재판이 있다는 정보를 입수했다. 으음, 재판이라. 생각보다 본격적이다. 정황을 따지면 내가 명백하게 유리할 테니 법적으로 싸우는 것도 괜찮겠는데?

이렇게 열심히 방법을 찾는데, 편지를 받은 부동산에서 연락이 오더니 조만간 추가로 10만 엔을 돌려주겠다고 했다. 곧바로 해결됐다. 겨우 편지 한 통으로 10만 엔이 돌아온다.

부동산 중개인 아주머니는 내게 이렇게 말했다.

"나는 새는 뒤를 어지르지 않는다는 말도 있잖아요. 그쪽도 이쯤 해서 그만 받아들여요."

나는 어지럽히지 않았다. 어지럽힌 건 당신이잖아요. 무심코 맞받아칠 뻔했는데 그만두었다. 사과할 마음은 없나 본데, 그래도 다른 청렴한 부분이 있는 사람이겠지. 아무튼 열심히 일해서 번 돈을 되찾아서 안심했다.

2만 엔의 무게

오랫동안 갖고 싶었던 물건이 있다. 재료의 참맛을 놓치지 않고 맛있게 요리할 수 있다고 소문 난 프랑스산 냄비다. 요리 연구가들이 애용한다고 잡지에 자주 실려서, 예전부터 나도 써보고 싶었다.

하지만 문제는 고급품이라는 점이다. 내가 갖고 싶은 적절한 사이즈가 2만 3천 엔 정도다. 내가 지금 쓰는 냄비는 아마 3천 엔도 안 할 테니까 갑자기 2만 엔이나 가격 상승이다. 게다가 손에 들어보니 제법 무거워서, 실수로 발에 떨어뜨리기라도 했다가는 뼈가 부러질 것 같다. 과연 그런 물건을 내가 잘 사용할 수 있을까…….

걱정이 앞서서 계속 손이 안 갔는데, 요리가 더 맛있어진다면 써보고 싶은 마음도 있다.

동네 마트에서 그 냄비를 파는 것은 알고 있었다. 마트에서 장을 볼 때면 포인트를 적립하는데, 가끔씩 포인트가 다섯 배 되는 날이 있다. 나는 운에 맡겨보기로 했다.

만약 오늘이 포인트가 다섯 배 되는 날이라면 그 냄비를 사겠어!

설레는 마음으로 마트에 갔더니 세상에나, 포인트 다섯 배 날이었다.

좋아, 사야지.

냄비를 안고 계산대에 가서 돈을 냈다. 돈 낭비를 한 것 같아서 조금 후회했지만, 집에 돌아와 동경하던 프랑스산 냄비를 부엌에 놓았더니, 소박한 우리 집 부엌이 화사해 보였다. 시험 삼아 체중계에 올리자 3.4킬로그램이나 나갔다. 아무쪼록 발에 떨어뜨리지 않기를, 간절히 빌었다.

마침내 손에 넣어서 기쁜 나머지, 자꾸만 부엌에 냄비를 구경하러 갔다. 빨갛고 귀여운 그 냄비로 앞으로 뭘 만들까? 냄비 하나로 이토록 행복해지는 이 평화로움에, 나는 더 많이 감사해야 한다.

양보할 수 없는 것

올해부터 배우기 시작한 피아노를 얼마 전에 그만두었다. 피아노가 싫어져서 그만둔 것은 아니다.

수업을 받는 중에 잘 치지 못하는 곡이 있었다. 선생님의 설명은 알겠는데, 머리로 아무리 이해하더라도 손가락이 곧바로 움직여주지는 않는다. 안달하면 할수록 긴장하니까 점점 더 못하는 나다. 어쩌지……. 우물쭈물하는데, 선생님이 이렇게 말했다.

"아니야, 아니에요. 자, 한 번 더. 이걸 왜 못하지?"

바로 그 순간, 나는 피아노 학원을 그만둬야겠다고 생각했다.

이걸 왜 못하지?

어린 시절, 학원에서 어른들에게 툭하면 그 말을 들었다. 말하는 쪽은 딱히 화가 난 게 아니라 무심코 한 말일 테지만, 듣는 쪽은 해내지 못하는 자신을 탓하게 된다. 다행히 우리 부모님은 그런 소리를 한 번도 한 적이 없지만, 나는 평생 그 말이 두려웠다. "이걸 왜 못하지?"라고 어른이 말하면 아이가 할 수 있는 대답이 도대체 뭐가 있나. 나는 오랜만에 그 말을 듣고, 정말 무의미한 소리라고 새삼스럽게 생각했다.

피아노 선생님은 다정하고 좋은 사람이지만, 나는 이미 어른이니 그 누구에게서든 "이걸 왜 못하지?" 같은 소리를 듣고 싶지 않다. 못하는 것 역시 나이므로.

다만 한 가지, 선생님에게 내 심정을 알리지 않고 그만둔 것은 후회된다. 조바심 내지 말고 가르쳐달라고 말했다면 좋았을 것이다. 어려서는 어른에게 그런 소리를 할 수 없었지만, 지금 나는 어린아이가 아니다. 하지만 뭐, 이미 그만뒀으니 어쩔 수 없다. 새로운 피아노 학원을 찾으면, 이번에는 제일 먼저 내 희망 사항을 알릴 생각이다. 그런 다음에 시작이다.

정전된 밤

몇 살 때더라.

큰 태풍이 와서 정전된 적이 있었다. 어렸던 나와 여동생은 휘몰아치는 비바람 소리에 벌벌 떨었다. 평소에는 아이와 어른이 방 두 개를 나눠 썼는데, 그날 밤은 네 가족이 방 하나에 모여 자기로 했다. 비좁은 집에 짐으로 꽉 찬 방. 이불을 두 채 깔 공간밖에 없어서, 아버지와 엄마의 이불에 넷이 옹기종기 누웠다. 양쪽 끝이 아버지와 엄마, 가운데에 나와 동생.

"태풍 때문에 집이 무너지진 않아요?"

내가 묻자, 아버지도 엄마도 괜찮다며 웃었다. 우리 집은 철근 건물이니까 튼튼하다고 했다. 그렇구나, 여기 있으면 괜찮은 거구나. 철근 건물이고, 이불 양쪽 끝에는 아버지랑 엄마가 있다. 작은 방에서 네 사람이 달라붙어 있으면 아무것도 두렵지 않았다. 손전등 불을 비춰 엄마가 손가락으로 새나 여우 그림자를 천장에 만들어줘서, 나와 동생은 아주 신이 났다. 어렸던 우리는 아무런 불안도 없이 그저 만족했다.

그로부터 시간이 지나 초등학교 고학년이 됐을 무렵, 나는 갑자기 우리 집이 주택단지인 것이 너무 싫어서 참을 수 없었다. 같은 반에는 마당이 있는 넓은 집에 사는 아이도 있는데, 우리 집엔 왜 욕조도 없는지 창피했다. 집에서 나올 때면 주위를 둘러보고, 아는 애가 없는지 확인까지 했다. 중학교, 고등학교, 아니 20대 중반까지는 우리 집을 무턱대고 창피하게 여기고 남을 부러워하기만 했던 나. 그래도 완전히 어른이 된 지금은 이렇게 회상한다.

"아아, 그 집도 꽤 괜찮은 곳이었어."

그리고 태풍이 오는 계절이면 항상, 정전됐던 아주 오래전 밤의 그림자놀이가 떠오른다.

묻고 싶은 것

체질을 개선하려고 얼마 전부터 한약을 복용 중이다. 처음에 친구가 소개해줬던 선생님은 영 긴장돼서 말을 붙이기 어려웠는데, 혹시나 하고 병원 가는 요일을 바꿔서 다른 선생님이 있는 날에 가보았다. 그랬더니 대화하기 편해서 그 후로는 그 선생님에게 진료를 받고 있다.

묻고 싶은 것을 물을 수 있다. 이것이 병원 다닐 때 얼마나 중요한지 새삼스럽게 깨달았다. 바쁜 선생님에게 이런 사소한 질문을 해도 될까? 그전에는 이런 생각이 들어서 아무래도 조심스러웠는데, 지금 선생님에게는 이것저것 물어볼 수 있다. 친절하게 들어준다는 믿음이 있으면 물어볼 용기가 생긴다. 선생님은 내가 조심스럽게 질문을 시작하면, 일단 손에 든 연필을 멈추고 내 얼굴을 바라본다. 그 모습에 나는 안심한다.

몸이 차다거나, 피부가 건조하다거나, 실제로 말해보면 대단치 않은 증상이지만 혼자 고민할 때면 불안해진다.

'이대로 내버려 뒀다가 더 나빠지면 어쩌지?'

하지만 선생님에게 말하고, 선생님이 함께 고민해주는 모습을 보면, 불안한 마음이 조금은 안정된다. 예전부터 음식물 알레르기가 있다고 믿어 왔는데, 꼼꼼히 검사를 받아보니 알레르기가 없다는 사실도 알게 되었다.

앞으로는 죽순이나 마도 먹을 수 있어!

선생님의 진료 대기 시간은 긴데, 지금 진료를 받는 사람도 나처럼 선생님에게 이것저것 질문하는 중이라고 생각하면 지루하지 않다.

또 한 가지, 마시는 한약이 조금만 덜 썼으면 좋겠는데, 이건 사치스러운 고민일까?

같은 반이었던 옛 친구

초등학교 동창회가 10년쯤 전에 딱 한 번 있었는데, 그 후로는 다시 모이지 않았다. 게다가 그때 사람이 거의 오지 않아서 재미 하나 없는 모임이었으니까, 두 번 다시 동창회가 성사되지 않을 것이다.

중학교 때는 양아치 붐이 일어서 교내가 흉흉했다. 선생님들은 양아치 대책을 세우느라 바빠 보였고, 학생들도 단결할 여유가 없었다. 정신을 차리고 보니 어느새 졸업식이어서 동창회고 뭐고 아예 생각도 못 했다.

고등학교는 비교적 평온했다고 해야 하나, 조용하게 지내는 학생들이 많았으므로 역시 동창회는 없을 것이다. 졸업식을 마치고 담임 선생님이 학생들에게 일단 물어봤다.

"동창회 임원을 맡고 싶은 사람 있나?"

다들 완벽하리만치 반응이 없었다. 어쩔 수 없이 출석번호 1번인 남학생에게 "그럼 네가 해" 하고 강제로 맡겨버렸다. 참고로 그 남학생은 반에서 가장 말이 없고 어른스러운 청년이었다……. 아무리 봐도 동창회 임원으로서 모두에게 모이자고 연락할 사람이 아니다. 고등학교 동창회도 앞으로 성사될 일은 없을 것이다.

하지만 나는 그것도 괜찮다고 생각한다. 같은 반이었던 옛 친구들이 어떻게 지내는지 몰라도 괜찮다. 서른여섯 살인 내 나이가 내 인생에서 과연 어떤 나이일지는, 당연하지만 한참 지난 후에야 알 수 있다. 다만 나는 여전히 내 인생은 지금부터 시작이라고 생각하는 면이 있어서 예전 친구들에게까지 흥미가 생기지 않는다.

조금 더 나이를 먹으면 달라질까? 예전 친구들과 만나고 싶다고 생각할까? 잘 모르겠지만, 지금은 내가 간직한 추억 그대로 두는 것이 제일 좋다.

앞으로 몇 번 더 엄마 요리를

먹을 수 있을까

눈대중인 엄마의 맛

서점의 요리책 코너가 최근 들어 유난히 화려해졌다. 종류도 다양하고, 사진도 예쁘고 세련되어서 요리책이 아니라 화집을 보는 기분이다. 서점에 갈 때마다 그런 요리책을 조금씩 사서는, 집에서 가만히 훑어보며 즐긴다.

물론 책을 보면서 새로운 요리에 도전할 때도 있답니다! 다양한 조미료를 쓰는 복잡한 요리를 만들 때도 있고, 간단한 초무침을 만들기도 한다. 책에서 하라는 대로 하면 대체로 맛있게 완성되므로, 요리책을 아주 보물처럼 아낀다.

그런데 문제가 하나 있다. 쟁여 놓은 요리책이 너무 많아서, 막상 '얼마 전에 만들었던 양배추 단식초 볶음이 맛있었으니까 또 만들어야지'라고 생각해도, 도대체 어떤 책을 보고 만들었는지 도무지 기억나지 않는다. 어어, 이거였나? 책을 뒤적이다가 시간이 흘러서 결국 평범한 채소볶음을 만들고 마는 상황이다.

그러고 보니 엄마가 요리책을 보면서 음식을 만드는 모습을 본 적이 없다. 도대체 요리를 어떻게 배웠을까? 고향에 내

려갔을 때 엄마에게 요리를 배우려고 한 적도 있는데, 결국 뭐가 뭔지 모른 채 끝났다.

"간장은 큰술로 얼마나 넣어요?"라고 내가 물어도, 돌아오는 대답은 "대충 냄비를 한 바퀴 도는 정도"다.

나는 '엄마의 맛'을 어떻게 해야 배울 수 있을까? 내 혀는 이미 그 맛에 완벽하게 길들었을 테니까 언젠가 자연스럽게 만들 수 있을까?

그런 생각을 하면서 요리책만 자꾸 쌓여간다.

참견러

남에게 조언하기 좋아하는 사람이 있다. 그런데 조언과 참견의 경계가 미묘하다. 조언은 부탁받고 해주면 괜찮지만, 아예 상담도 하지 않았는데 자기 마음대로 조언하는 것은 민폐라는 사실을 잊으면 안 된다.

말은 이렇게 하지만, 굳은 어깨를 풀어주는 효과적인 체조나 쉽게 할 수 있는 청소법처럼 생활에 도움이 되는 조언은 물어보지 않았더라도 고맙다.

그러고 보니 얼마 전에 친구가,

"청소할 때 베이킹 소다를 쓰면 좋아."

라는 조언을 해줘서 해봤더니, 정말 효과가 좋았다. 계속 이상한 냄새가 가시지 않던 믹서에 물과 베이킹 소다를 넣고 돌렸더니 냄새가 제법 사라졌다. 믹서를 새로 사지 않아도 되어서 기뻤다.

이런 실용적인 조언은 고맙지만,

"결혼은 반드시 하는 게 좋아~"

혹은,

"애는 두 명은 낳아야지~"

같은 말을 부탁하지도 않았는데 하는 사람을 목격하면 놀라곤 한다. 한 사람 한 사람에게 오직 한 번만 부여되는 귀중한 인생인데, 어떻게 가벼운 마음으로 조언이라며 할 수 있지? 그 사람의 이후 인생을 책임질 마음이 있다면 몰라도, 별 생각 없이 말하는 것은 아니다 싶다. 남의 인생에 참견할 시간이 있다면 베이킹 소다로 욕조를 닦는 편이 훨씬 유의미하다고 생각하는 나다.

참고로 내가 중학생 때부터 쓰는 사전에서 '조언'을 찾아보았더니, '도움이 될 만한 사항을 말해주는 것'이라고 적혀 있었다. 도움이 되지 않는 소리는 조언이 아니라 쓸데없는 참견일 뿐이다.

도토리 줍기

도토리를 비닐 하나 가득 주운 적이 있다.

초등학교 소풍 때 일이다. 다 같이 근처 산에 올라가 정상에서 도시락을 먹고, 그 후로는 자유 시간이었다.

자, 뭘 하고 놀까?

고민하는데, 여학생 한 명이 도토리를 주워 선생님에게 보여주고 칭찬받는 모습을 목격했다.

좋았어, 나도 도토리를 주워서 선생님한테 칭찬 받을 테야!

나는 의욕에 넘쳐 도토리를 줍기 시작했다. 처음에는 친한 친구들 몇 명도 같이 했는데, 친구들은 도중에 질렸는지 고무줄놀이를 하러 광장으로 갔다. 그래도 나는 계속 도토리를 주웠다. 선생님에게 칭찬받고 싶은 마음이 점점 더 부풀었기 때문이다.

나 말고 도토리 줍기에 열을 올린 여학생이 한 명 더 있어서, 우리는 과자를 넣어 온 비닐봉지에 차곡차곡 도토리를 담았다. 결국 그 친구도 지쳐서 떠났지만, 나만은 그만두지 않았다.

잔뜩 모아서 선생님에게 보여주면 칭찬해주겠지?

선생님이 깜짝 놀라는 표정도 상상했다. 그쯤 되니 놀이가 아니라 무슨 임무처럼 계속 몰두했다. 광장에서 선생님과 즐겁게 고무줄놀이를 하는 친구들의 모습이 보여 부러웠지만, 나는 고집스럽게 도토리 줍기를 이어갔다.

드디어 집합 시간이 되었다. 나는 선생님에게 달려가 대량의 도토리를 보여주었으나, 선생님은 그다지 놀라지 않아서 이럴 바에는 친구들과 어울려서 놀 걸 그랬다고 조금 후회했다.

하지만 집에 돌아와 엄마에게 비닐봉지를 가득 채운 도토리를 보여주자, "어머, 대단하구나!" 하고 깜짝 놀라는 것이 아닌가. 그때 굉장히 기뻤으니까 지금도 여전히 도토리 사건을 기억하는 거겠지.

반년 후

도야마현* 쪽에 여행을 갔다가 돌아오는 길에 튤립 알뿌리를 샀다. 꽃을 좋아하는 엄마에게 선물할 생각으로 샀는데, 갑자기 나도 심어보고 싶어서 다섯 포기쯤 남겨두었다. 그런데 막상 알뿌리를 앞에 두니 심을 엄두가 나지 않았다. 매일 물을 주고 베란다에 내놓기가 번거로웠다. 번거로울 뿐만이 아니다.

"잘 자라려나? 싹이 잘 트면 좋겠는데."

이런저런 걱정을 하며 보살피는 것도 두렵다. 생물을 키우면 그런 일이 따라오는 것도 알고 있으므로, 본가를 떠난 후로는 동물은 물론이고 식물도 웬만하면 키우지 않았다. 베란다에서 허브를 재배한 적이 몇 번 있었는데, 말라버리면 마음이 아파서 차츰 그만두었다. 그렇다 보니 튤립 알뿌리도 막상 키우기 싫어졌다.

그래서 한동안 우리 집 식탁 구석에 알뿌리들이 굴러다녔

---

* 상징 꽃이 튤립일 정도로 튤립 재배가 유명하고 튤립 축제도 열린다.

는데, 계속 그냥 두면 추울 것 같았다. 저렇게 뒀다가 양파라고 착각해서 카레에 넣을 가능성도 있을 것 같고…….

좋아, 심어보자.

근처 쇼핑몰에서 화분과 흙을 사서 알뿌리를 묻고 베란다에 쭉 놓았다. 봄이 되기까지 반년 가까이 남았으니 정신이 아득해지는 이야기다.

그러다가 퍼뜩 놀랐다. 나는 내가 내년 봄에도 건강히 여기 살아있으리라고 한 치의 의심도 하지 않았다. 내년에도, 내후년에도 건강하다고 생각할 수 있는 이 행복을, 나는 자꾸만 잊고 산다. 몇 달이나 지난 후의 튤립을 기대하는 마음은 사실 대단한 행복이다. 알뿌리가 잠든 화분에 물을 주며, 가만히 고마움을 느끼는 나다.

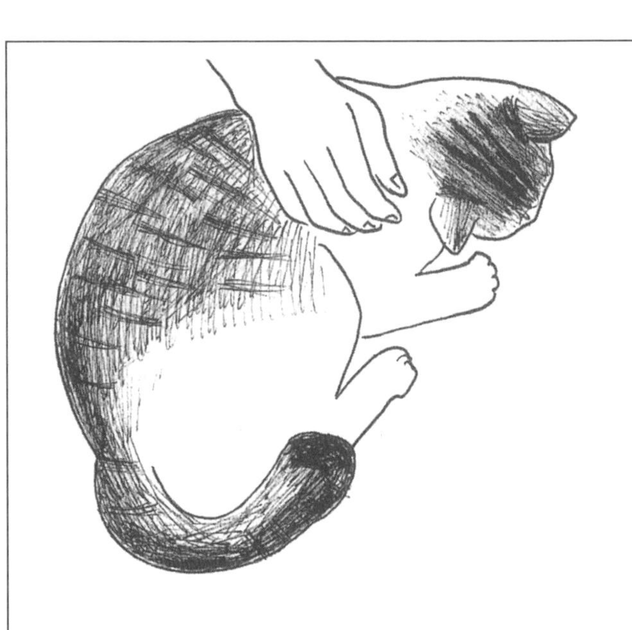

키가 자란 기분이 드는

깊은 심호흡

밥솥 고민

지금 가장 갖고 싶은 물건은 누가 뭐래도 밥솥이다. 신문에 끼워져 온 광고를 보는데, 밥솥도 새로운 유형이 다양하게 나와서 은근히 신경이 쓰인다. 압력이니, IH니, 원적외선이니. 기계치인 나는 뭐가 뭔지 모르겠지만, 어쨌든 밥을 맛있게 지을 수 있다면 갖고 싶다.

예전에는 이런 생각은 해본 적도 없다. 어려서부터 아침으로 빵을 먹었고, 파스타도 좋아해서 쌀을 먹지 않는 날도 종종 있었다. 그런데 최근 몇 개월간 쌀 중심의 식생활로 바꿨더니 아무래도 내 체질에 잘 맞는지, 긴 세월 괴로웠던 변비도 차츰 개선되었다. 그렇다고 빵을 아예 끊은 것은 아니고 저녁에 간식으로 야금야금 먹는다. 아무튼 아침에는 쌀을 먹어야 몸 상태가 좋다. 그러니 맛있게 지은 밥을 먹고 싶다는 마음도 자연히 생겨났다.

쌀 이야기를 하니까 생각났는데, 초등학교 가정 시간에 남학생들이 쌀뜨물이 투명해질 때까지 앞다투어 쌀을 씻은 적이 있다. 저러면 영양이 전부 사라질 텐데, 라며 안타까워했던 기억이 있다.

지금 내가 쓰는 밥솥은 아주 작은 사이즈다. 세 홉까지는 밥을 할 수 있다는데, 세 홉을 넣으면 물이 살짝 넘친다. 게다가 물을 똑같이 넣어도 그날그날 질은 정도가 달라져서, 딱딱할 때도 있고 물컹물컹할 때가 있어 상대하기 벅차다.

아아, 압력이나 IH나 원적외선의 고성능 밥솥이 갖고 싶어! 살까? 하지만 지금 쓰는 밥솥도 아직 쓸 수 있어서 아깝다. 자그마한 체구로 노력하는 모습을 보면 은퇴시키기 미안하다. 이렇게 밥솥 하나로 꾸역꾸역 고민하는 나다.

불평불만

무슨 일에든 반론해야 성에 차는 사람이 있다. "이거 맛있네요"라고 말하면 "저쪽에 다른 가게가 더 맛있어요", "이 영화 재미있을 것 같아요"라고 하면 "별로 재미없을 것 같은데요", "날씨가 좋아요"라고 하면 "그런데 덥네요"라는 식이다. 반론을 안 한다 싶으면 불평을 늘어놓거나 남의 험담을 한다. 하여간 불평불만뿐이다.

그야, 누구나 그런 말을 할 때가 있다. 나도 한다. 하지만 매번 그런 소리만 하면 듣는 사람이 얼마나 힘들지 상상할 수 있으므로 생각한 것 전부를 말하지 않는다.

왜 불평불만을 전부 입 밖으로 내는 걸까?

"왜 그렇게 말하세요?"

얼굴을 맞대고 물어보고 싶지만, 어차피 반론이나 불평이나 악담이 돌아올 테니 물어볼 용기는 없다.

이런 사람은 아마도 상상력이 부족할 것이다. 다른 사람이 자기 불만을 당연히 들어줘야 한다고 생각한다. 상대방이 지겨워하리라고 상상도 못 한다.

애초에 사소한 일에 일일이 "아니"라는 소리를 들으면 재미없다. 무엇보다 마음이 따스해지지 않는다. 누군가와 대화를 나눌 때, 다정하게 배려해주거나 부드럽게 맞장구를 쳐주면 마음이 모락모락 따스해진다. 밤에 집에 돌아와서도 문득 그때의 따스함이 떠올라서, 그 사람과 또 만나고 싶다고 생각하게 된다.

불평꾼과는 한참이 지나도 만나고 싶지 않다. 나로 말하자면, 가능하면 안 만나려고 도망칠 준비를 해놓는다. 그렇다고 일로 만나는 상대는 도망만 칠 수 없으니까, 그럴 때는 '이 사람과 헤어진 다음에 마음이 훈훈해지도록 달콤한 디저트를 사서 돌아가야지!' 하고 나 자신을 다독인다.

지방 출신

도쿄에 와서 재미있다고 생각한 것 중 하나는, 각 지방 출신 사람들과 만나는 것이다.

얼마 전에도 친구들 몇 명과 같이 저녁을 먹었는데 출신지가 가나가와, 교토, 아이치, 가가와, 가고시마, 오사카로 제각각이었다.

수학여행은 어디로 갔었니?

이런 이야기가 나오자, 교토 출신 친구의 기분이 좋아졌다. 교토로 수학여행을 간 사람이 많아서, "에이, 절 말고 아무것도 없는 동네야"라고 겸손해하면서도 자기 고향에 친구가 수학여행을 온 것에 기쁨을 감추지 못한다.

먹는 이야기가 나오자, 갑자기 아이치 출신 친구가 흥분했다. 마침 그날 들어간 식당이 나고야* 음식점인지라 메뉴에 닭날개 튀김, 새우튀김 주먹밥, 소 힘줄 조림 등이 있어서, 나고야의 먹거리로 이야기꽃을 피운 참이었다. 내가 "우이로 좋아

* 일본 아이치현의 현청 소재지.

해"라고 말하자 나고야 친구 둘이서 "이런 노래가 있어"라며, 갑자기 우이로 광고 노래를 부르기 시작했다. 박자 빠른 멜로디에 맞춰 우이로의 맛을 재빠르게 쏟아놓듯 말하는 노래인데, 둘의 호흡이 완벽하게 맞았다! 그 자리에 있던 우리 모두 홀딱 반해서 앙코르까지 요청했지 뭔가.

평소에는 표준어로 대화를 나누는 친구들이지만, 고향으로 돌아가면 각자의 사투리가 기다린다. 다들 지금과는 조금은 다른 표정을 지을 거라고 생각하면 재미있다. 나도 도쿄에 있을 때는 오사카 사투리가 아니라 표준어를 쓴다. '오사카의 나'는 말하는 속도가 대놓고 빨라서, '도쿄의 나'에 익숙한 친구들은 아마도 당황할 것이다. 고향을 떠날 때는 쓸쓸했지만, 떠난 덕분에 만나는 사람도 있다. 그런 만남 역시 좋다고 생각한다.

따뜻한 말 한마디 바로

'내일 또 봐'

고향은 버린 것이 아니고

간직한 것이다

작은 보석

피부 관리실에 다녀왔다. 천연식물에서 추출한 오일을 온몸에 바르고 마사지를 받았는데, 몸의 뭉친 부분이 차츰차츰 풀려서 기분이 좋았다. 알몸에 종이 팬티 한 장만 입은 차림은 약간 부끄럽지만, 개별실이고 피부 관리사인 여성은 프로이니 익숙하리라 생각하면 금세 신경 쓰이지 않는다.

피부 관리실은 여배우나 부자들이 가는 곳이라고 줄곧 생각했다. 나와는 머나먼 세계에서 벌어지는 일이라고 여겼다. 그런 감각은 여전히 남아 있지만, 아주 가끔 용기를 내 피부 관리실에 가면,

'내가 하면 안 될 게 뭐 있나?'

하고 대담해진다. 100분에 1만 8천 9백 엔이라는 가격은 비싸지만, 그 100분간은 작은 보석이 손에 들어온 것처럼 반짝이는 시간이다. 눈에 보이지 않아도 마음속에서 조용히 반짝인다.

피부 관리실에서 돌아오는 길이면 나는 한 발로 폴짝폴짝 뛰고 싶을 정도로 유쾌해진다. 갑자기 미인이 될 리도 없고 애

초에 큰 변화가 없지만, 그래도 즐겁고 행복하다.

피부 관리실에 갈 시간이 있다면, 그 시간에 할 수 있는 다른 일이 많다고 생각하긴 한다. 일을 하고 다림질을 하고 책을 읽고 영화를 보고, 나는 한자에 약하니까 한자 공부도 하는 편이 좋을지도…….

하지만 100분이라는 시간을 사서 폴짝폴짝 뛰며 집으로 돌아오는 것 또한 소중하다. 아아, 오늘은 즐거웠어. 이렇게 말하면 기분이 좋아지니까.

혼자가 편한 사람

스트레스 해소법이 뭔가요?

이런 질문을 받으면 때와 장소에 따라 달라서 한 마디로 대답하기 어렵다. 달콤한 간식을 먹을 때라고 답한 게 아마 제일 많을 것이다. 그렇다고 늘 똑같은 간식은 아니고 케이크를 사와 집에서 책상다리를 하고 앉아서 먹을 때도 있고, 초콜릿을 한두 개 우물거릴 때도 있다. 밖에 나가서 케이크 세트를 먹으며 쉬는 것도 자주 즐기는 스트레스 해소법이다.

마사지도 자주 받으러 간다. 마사지 역시 간식과 마찬가지로, 이 스트레스에는 이거! 라는 나만의 기준이 있어서 지압, 발 마사지, 전신 피부 관리 중 골라 다닐 수 있도록 마음에 드는 가게를 확보해두었다. 솔직히 말해서 '스트레스가 쌓였을 때 대비용'으로 매일 새로운 가게를 개척하는 것 같기는 하다.

또 '수면'도 꽤 효과적이다. 일이나 다른 고민거리도 다 팽개치고 이불을 덮는다. 내 냄새가 충만한 이불 속에서 가만히 있으면, 반딧불이의 고치 속에 숨은 듯이 마음이 안정된다. 발가락 끝이 서서히 따뜻해지다가 문득 잠이 드는데, 나중에 깨면 조금은 마음이 편해진다.

다양한 방법으로 스트레스를 해소하고 있는데, 이 방법들의 공통점은 혼자 한다는 것이다. 나는 누군가와 통화를 하거나 친구와 밥을 먹기보다 혼자 있는 것이 더 편한 사람인가 보다. 자기 성향을 아는 것과 모르는 것에는 큰 차이가 있다.

덧붙여서 스트레스 해소법으로 책이나 만화는 거의 읽지 않는다. 마음이 약해진 상황인데 '재능 있는 사람이 참 많구나' 하고 완전히 의기소침해지면 안 되니까…….

행복한 창가

밤에 다른 집 창가에 깜박깜박 반짝이는 크리스마스트리가 보이면 굉장히 행복해진다.

왠지 좋아 보인다. 나도 살까?

문득 마음이 끌려서 몇 년 전에 크리스마스트리를 샀다. 집에 오자마자 곧바로 신상 트리에 전구를 달고 스위치를 켰다.

음, 행복해 보여.

한참을 기분 좋게 바라보다가 문득 밖에서는 어떻게 보이는지 확인하고 싶어서, 코트를 걸치고 나가 우리 집 창문을 골목에서 관찰해보았다. 크리스마스트리의 살가운 빛이 창가에서 깜박깜박 반짝이니까 정말 행복해 보였다. 아무도 없는 방이 행복해 보이다니 이상하네. 그렇게 생각하니 왠지 웃겨서, 나는 밤중에 길거리에서 혼자 웃고 말았다.

그 크리스마스트리도 아이를 낳은 친구에게 선물해서 지금은 곁에 없다. 이제 행복한 창가를 연출하지 못한다. 게다가 이번 여름에 이사를 온 임대 아파트는 워낙 오래된 탓에, 엄마가 처음 놀러 왔을 때 외관을 보고는 주춤했을 정도다.

"좀 어둡지 않니……?"

행복해 보이는 분위기와는 인연 없는 창가다. 길을 지나는 사람도 '저 집에 사는 사람은 행복해 보이네'라고 생각하지 않을 것이 분명하다.

그래도 집 안으로 들어가보면, 햇빛이 아낌없이 들어 나쁘지 않다. 무엇보다 오랫동안 사이좋게 만나는 애인과 동거를 시작한 집이기도 하다. 밖에서는 음울하게 보이는 창가지만 전혀 마음 쓰이지 않는다. 크리스마스트리의 깜박깜박 빛나는 전구가 없어도 나는 이대로 좋다.

초밥을 먹고 싶어요

일로 알게 된 사람에게 "다음에 밥이라도 먹읍시다"라는 말을 들을 때가 있는데, 대부분 말로 끝이지 실현된 적이 거의 없다. 그래도 아주 드물게 정말로 밥을 먹으러 갈 때가 있는데, 그럴 때면 먹고 싶은 음식이 있는지 질문을 받는다. 일로 만나는 관계이므로 상대도 회사 명의로 영수증을 끊으면 되지만, 나처럼 이제 막 일을 시작한 젊은 초짜가 요구하는 것은 건방질 것 같아서 항상 "맡기겠습니다"라고 대답했다.

그랬던 나지만, 며칠 전에는 용기를 내 희망 사항을 말했다.

"초밥을 먹고 싶어요."

나는 어른이 되고도 한동안 날생선이 거북해서 초밥도 거의 먹질 못했는데, 최근 들어 조금씩은 먹을 수 있게 됐다. 그게 기뻐서 초밥을 이야기했다.

그렇지만 나는 말 그대로 초밥 초보자. 참치나 오징어나 문어처럼, 어느 가게에나 있는 재료를 간신히 먹는 정도라 아직 초밥에 익숙하지 않다. 그런데 이끄는 대로 간 고급스러운 초밥집에서는, 초밥 장인이 특색 있는 재료만 자꾸 내주었다. 학꽁치에 이리, 해저에 사는 들어본 적도 없는 생선들……. 초보자인 나는 완전히 긴장했다.

으악, 내가 아는 재료만 주면 좋은데!

생소한 음식에 소극적인 나는 도중부터 맛도 모르고 먹었다. 다 먹은 후에는 '당분간 초밥은 먹기 싫어'라고 속으로 중얼거렸을 정도다. 익숙하지 않은 일을 시도하면 이런 결과가 기다린다. 한 가지 다행스럽게도, 나를 데려가준 사람은 "맛있다, 진짜 맛있네요"라며 기쁘게 먹었다.

계속하는 것, 시작하는 것

배우기 시작해 이제 곧 1년이 되는 태극권 강좌. 상황이 여의치 않아 하필 세 번 연속으로 빠졌더니 갈 마음이 싹 사라졌다. 어려서부터 무엇이든 오래 하지 못하고 끈기 없는 성격이 성장한 후에도 전혀 변하지 않았음을 재확인했다.

인생 최초로 배운 것은 '주산'이었다. 초등학교 1학년부터 3학년 때까지 일주일에 세 번 다녔는데, 어느 날 '이제 그만둬야지'라고 생각했다. 실력도 전혀 늘지 않고 재미없었기 때문이다. 그만두기로 마음먹었으니 쇠뿔은 단김에 빼야지. 같은 주산 학원에 다니던 반 친구에게 "주산 학원 선생님한테 마스다는 그만둔다고 말해줘"라고 부탁하고 안 갔다. 부모님과 상의도 안 하고 친구에게 말을 전해달라고 부탁하다니, 어떻게 된 성격인지.

피아노 학원은 서너 번 가고 지루해서 그만뒀고, 5학년 때 시작한 검도는 간신히 3년간 했지만, 초단 시험에서 미끄러지기만 하다가 포기했다. 그 후에도 농구, 소프트볼, 양재(洋裁), 자수, 유화, 영어 회화 등 각종 동아리 활동을 하거나 학원에 다녔지만 전부 도중에 그만뒀다. 아마 앞으로도 뭔가 시작하더라도 오래 하지 못하리라 짐작한다.

그런데 한편으로 왠지 유쾌하다. 아무리 이런 나라도 뭔가 시작하는 시점에서 그만두리라고 생각하진 않아서, 이번에야말로 오래 할 만한 것을 찾고 싶다고 바란다. 그 '시작하고 싶은' 대상이 질리지도 않고 툭툭 나와서 요즘은 기대가 된다.

자, 내년의 나는 대체 뭘 배우고 싶어 할까? 꾸준히 하는 것은 대단하지만, 시작하는 것 또한 대단한 일이라고 생각한다.

세뱃돈

설날은 큰아버지 댁에 친척이 모여 식사하는 관습이 있는데, 나는 그냥 집을 본다. 부모님은 항상 같이 가자고 하지만, 가도 불편하다. 부모님 세대 그룹은 병이나 노후 자금 이야기뿐이고 친척 아이들은 다들 텔레비전 게임에 푹 빠져 있다. 사촌들과 어울리고 싶어도 아이가 없는 나는 공통 화제가 없어서 금방 대화가 끊긴다. 서른여섯 살의 나만 어디에도 소속되지 못해서 구석에 앉아 귤을 먹으며 시간이나 때운다.

그런 이유로 요 몇 년간 설날의 친척 모임에 참가하지 않고 고향 집에서 뒹굴며 지낸다. '그 녀석은 세뱃돈을 주기 싫어서 친척 모임에 안 오는 거야'라고 생각하진 않을지 조금은 신경 쓰인다. 쪼잔한 녀석이라고 흉을 보면 어쩌나 걱정도 된다. 솔직히 그런 마음도 있으니까 대놓고 아니라고 하지 못해서 괜히 찔리는 것이다.

친척 아이에게 처음으로 세뱃돈을 주던 때, 남에게 돈을 주는 행위에 굉장히 용기가 필요하다는 사실을 알았다. 지금까지 당연하게 받아왔는데, 내가 주는 입장이 되자 솔직히 '아깝다'고 느낀 적도 있다. 보통 3천 엔이나 5천 엔을 봉투에 넣어서 주는데 '이 돈이라면 그 화장품을 살 수 있겠다'라는 생각이 머릿속을 스쳐서 나 자신이 욕심 많은 인간이 된 것만 같다.

내게 세뱃돈을 줬던 친척 어른들도 조금은 이런 마음이 있었을까?

그런 생각을 무심히 하면서, 세뱃돈을 주지 않는 나의 요즘 설날은 차분하게 지나간다.

아침 드라마

나는 밤에 일하니까 잠은 매일 새벽이 되어서 잔다. 이렇게 말하면 힘들겠다고 위로해주는 사람도 있는데, 사실 하나도 힘들지 않다. 새벽에 자서 오후 1시 전에 일어난다. 매일 8시간쯤 잠을 자는 셈이다. 그냥 두면 10시간도 잘 수 있는데, NHK에서 아침에 해주는 드라마의 재방송 보기를 일과에 넣어 두어서 낮에는 어떻게든 일어난다.

그나저나 내가 아침 드라마를 기대하게 될 줄은 몰랐다. 중고생 시절에는 엄마가 아침마다 챙겨보는 모습을 보고 '시시한 거나 보네'라고 우습게 여겼으면서, 지금은 내 일과가 되어버렸다. 깜박하고 놓치면 속상하기까지 하다.

그러고 보니 엄마도 빨래를 너느라 놓치면 "앗, 깜박했네!" 하고 크게 실망하곤 했었지.

참고로 아침 드라마의 주인공은 씩씩하고 솔직하고 노력가이고 성격은 올곧으며, 순정적이고 다정다감한 여성인 설정이 많은데, 나는 '저런 애가 현실에 있으면 무섭잖아~' 하고 조금 심술궂게 바라보는 면이 있다. 하지만 그건 그거고 이건 이

거다.

내용이야 어쨌든 겨우 15분짜리 드라마를 반년이나 꾸준히 시청한 그 역사가 의외로 만족스럽다. 마지막 회가 방영되는 주에는 출연자에게 보내는 '고생 많았어요'라는 마음과 매일(일요일은 휴방) 열심히 본 나를 향한 '고생 많았다'라는 마음이 거의 비슷할 정도다.

고향의 아버지도 정년퇴직 후에는 매일 본다고 하는데, 그런 걸 한심하게 여기던 사람이어서 참 놀랍다. 아버지와 엄마가 아침 드라마로 대화를 나누리라고 상상도 못 했는데, 그게 꽤 재미있기도 하다.

찾아가는 곳

마음이 놓인다.

비록 좁은 단지에 있는 집이라도 태어나고 자란 익숙한 냄새에 '아아, 돌아왔네' 하고 안심이 된다.

그 마음은 진심이다. 정말 그런데, 해가 지날수록 그런 마음이 흐릿해지는 것도 사실이다. 새해에 집에 왔다가 이틀쯤 지나면 마음속 어딘가에서 '얼른 도쿄로 돌아가고 싶다'라고 생각하는 것이다.

돌아가다니? 아니지, 나는 지금 고향에 돌아와 있는데 도쿄로 '돌아가고 싶다'라고 생각하면 이상하잖아.

어떻게든 부정하려고 하지만, 내 마음은 일상의 생활을 그리워한다. 도쿄에서 쓰는 내 이불이 그립다. 내가 애용하는 샴푸와 린스가 그립다. 단골로 다니는 발 마사지숍이 그립다. 시부야의 대형 서점이 그립다. 또 엄마가 만든 요리도 좋지만 유기농 재료로 내가 만든 요리가 그립다. 인정하면 다소 슬픔이 따라오지만, 나는 이미 고향의 생활보다 지금 도쿄에서 지내는 일상이 좋은 것이다. 고향은 돌아오는 곳이 아니라 찾아가는 곳이 되었다.

그리고 가만히 생각했다. 아버지와 엄마도 아주 조금은, 내가 없는 생활을 그리워하지 않을까? 딸이 돌아와서 기뻐하는 마음은 내게도 넘치도록 느껴진다. 하지만 나를 배려하느라 조금은 어깨가 딱딱하게 굳지 않았을까? 두 분에게도 두 분 나름의 생활 리듬이 있을 테니까.

이렇게 생각하면, 나는 부모님의 노후를 어떻게 돌봐야 할지 불안해진다. 서로 생활을 존중하면서 두 분을 돌보는 일이 과연 가능할까? 생각할수록 두려워져서, 이 문제만큼은 '그때가 되면'이라고 나중으로 미루게 된다.

식도락가

"먹는 걸 제일 좋아해요."

마치 취미라도 되는 듯이 말하는 사람들은 음식에 대한 주장이 강하다. 어디의 붕어빵이 맛있다거나, 튀김이라면 아사쿠사*의 어느 가게가 최고라거나. 가게 이름이나 상품명에 정통하고, 일부러 멀리 나가서라도 맛있는 음식을 먹고 싶다는 욕망이 느껴진다.

나도 먹는 것은 좋아하는데 동네 이름 없는 빵집의 단팥빵이나 메밀국숫집의 메밀국수 정식처럼 특별한 주목을 받지 않는 가게의 평범하게 맛있는 음식을 먹으며 만족하는 사람이어서, 진심으로 음식을 사랑하는 사람이 보기에는 '먹는 것을 좋아하는' 부류에 절대 들어가지 않을 것이다.

가끔 친구 집에 다 같이 모여서 파티를 여는데, 각자 음식을 하나씩 챙겨가는 모임이다. 그럴 때면 약간 긴장한다. 식도락가들이 많아서 다들 자기 몫의 음식에 심혈을 기울인다.

---

* 전통적인 색깔을 잘 간직하고 있는 도쿄의 관광 명소.

"아, 그거 ○○의 케이크죠?"

"○○의 유부초밥, 좋아해요!"

한편, 다른 사람이 가지고 온 음식을 보고 환성을 지르기도 한다. 식도락가가 아닌 나는 그런 쪽에 무지해서 다른 사람들처럼 환성을 지르지도 않고, 또 다들 좋아할 만한 음식을 준비하지도 못하니까 매번 송구스럽다.

좀 더 분발해서 음식 정보를 공부해야 할까? 친한 친구에게 속을 털어놓았더니 격려해주었다.

"식도락가들은 모르는 사람한테 가르쳐주는 것도 좋아하니까 너처럼 무지한 사람도 중요한 역할을 하는 셈이야~"

그런 건가요?

할머니가 되고 싶다

기대된다고 하면 어폐가 있지만, 지금 나는 노안에 특히 관심이 많다. 해가 바뀌어 서른일곱 살이 된 나는 서서히 40대 그룹에 접근 중이다. 40대에 노안경을 샀다는 지인이 있으니까 나도 앞으로 수년 안에 작은 글자가 잘 안 보일 가능성이 있다.

노안은 갑자기 찾아오는 것일까? 아침에 잠에서 깨 평소처럼 신문을 펼쳤는데 '어라? 오늘부터 나는 노안이야!' 하고 깨닫는 걸까. 아니면 매일 아주 조금씩 노안이 되다가 문득 깨달았을 때는 이미 노안경을 사야 할까? 실제로 어떨지, 요즘 들어 자꾸 신경 쓰인다.

노안뿐만 아니라, 기미나 주름도 늘고 백발이 되기도 하겠지. 앞으로 나에게 다가올 '노화'가 아주 많이 기다리고 있다.

한창 어렸을 적에는 이 '노화'가 완전히 남 일이었다. 나이 든 사람을 보면 불쌍하다는 생각까지 했다.

'나이를 저렇게 많이 먹다니 안됐다. 나는 아직 10대인데.'

내 젊음을 자랑했고, 내 인생에는 성장만 있다고 믿어 의심치 않았다. 그러다가 최근 들어 비로소 인생은 늙어가는 것도 한 세트라고 생각하게 되었다. 또 '노화'를 존귀하다고 느끼기도 한다. 누구나 다 늙을 수 있는 것도 아니고, 노화를 완수하지 못하는 사람도 많이 있으니까.

나는 할머니가 될 수 있을까?

나도 언젠가 할머니가 되고 싶다. 이런 생각도 하게 된 서른일곱 살의 겨울이다.

꿈 일기

꿈풀이 책이 있다고 한다. 나는 혈액형도 별자리도, 이른바 각종 점에 흥미가 없어서 당연히 꿈풀이에도 관심이 없는데, 올해부터 '꿈 일기'를 쓰고 있다. 이상한 꿈을 꿨는데 잊어버리면 아깝다는 이유로 시작했다.

그런데 사실 이게 좀 귀찮다. 머리맡에 노트를 놓아 두고 잠에서 깨면 기억한 내용을 적는데, 졸린 상태로 억지로 쓰니까 어느 페이지나 글자가 엉망진창이다.

'눈을 뜨면 잊지 말고 꿈 일기를 써야 해!'

게다가 이렇게 생각하며 자는 탓인지, 압박을 느껴서 '꿈에서 꿈 일기를 쓰는 꿈'까지 꾸는 상황이다. 꿈 일기를 쓴 게 꿈이었나? 아침에 일어나면 이불 속에서 고민하다가 하루를 시작하는 시점에서 이미 지치는 나…….

아무튼 남의 꿈 이야기는 지루하다는 진실을 잘 알지만, 휘갈겨 쓴 꿈 일기를 조금 소개해 보겠습니다. '도쿄대생, 가수의 길로', '흑표범이 육교에서 사람을 물고 도망치다', '새 인간 콘테스트의 새로운 기획, 배 인간 콘테스트를 시작하다', '지하철

플랫폼에서 낙지 만두를 사다', '중국집에 갔는데 화장실 앞자리', '후지산까지 스케이트보드로 가다' 같은 꿈으로 복작거리네요. 참고로 현실의 나는 스케이트보드 같은 거 전혀 못 탑니다.

과연 이런 꿈도 꿈풀이를 할 수 있을까? 뭐, 나야 노트에 쭉 써놓고 나중에 다시 읽으면서 '흐음'이나 '오호라' 하고 내 꿈에, 아니, 나 자신에게 어이없어할 뿐이니 상관없지만요. 언제까지 계속하려나. 아마 금방 질려서 그만둘 거예요(그만뒀습니다).

파친코 구슬 좇는 눈,

무슨 꿈을 꾸느냐

길고양이 있는 길 따라

집으로 돌아가네

백화점 옥상 애드벌룬

날으렴 하늘 위로

어마어마한 사치

19만 엔이나 하는 명품 코트를 샀다.

이렇게 비싼 의류는 내 인생에서 처음 사봤다. 코트를 담은 쇼핑백을 들고 집으로 돌아왔는데, 왠지 모르게 서글퍼졌다. 19만 엔. 그런 코트가 정말 나한테 필요할까?

왜 그 코트를 샀느냐 하면, 비싸고 좋은 옷을 사면 나도 조금이나마 촌티를 벗을 수 있을 것 같아서다. 친구들과 격식 차린 식사 모임에 갈 때면, 나는 매번 뭘 입어야 좋을지 고민한다. 이거랑 이걸 맞춰서 입고, 구두와 가방 색을 통일하고 이 코트를 걸치면……. 일단은 열심히 코디를 하는데, 막상 전철을 타고 외출하면 유리창에 비친 내 모습이 초라해 보인다. 세련된 여자로 보이고 싶다. 언제나 패셔너블해 보이고 싶다. 내 안 어딘가의 이런 허영심 넘치는 나 때문에 불편하다.

19만 엔짜리 코트는 캐시미어다. 피부에 닿는 감촉도 좋고 실루엣도 아름답다. 가게에서 입고 거울 앞에 섰더니 조금은 감각 있는 사람처럼 보였다. 이거라면 어딜 가도 부끄럽진 않을 것 같았다.

하지만 집에 와서 입어봤더니, 이상하게 가게에서 봤을 때 만큼 어울리지 않았다.

19만 엔이나 했는데, 어떡해. 말도 안 되는 사치를 부렸어.

후회가 밀려와 서글퍼졌다.

그런데 얼마 전에 여자 친구와 만났을 때, "코트 멋있다. 잘 어울려"라고 칭찬을 받아서 또 금방 기운을 차렸다. 인생 전체로 나누면 19만 엔도 안 비싸다고! 소중히 입어야겠다.

마음속

얼마 전 여행지 호텔에서 체크인을 하려는데, 뒤쪽 로비에서 뭔가 큰 소리가 들렸다. 투숙객인 중년 부부가 호텔 직원에게 불만 사항을 말하는 것 같았다. 아무래도 돈 문제 때문에 옥신각신하는 것 같았다. 2만 엔을 줬다는 손님과 2만 엔이 아니라 1만 5천 엔이었다는 호텔 직원. 다만 호텔 쪽 담당 여직원은 벌써 깍듯하게 사과하고 있었다. 하지만 분노가 가시지 않는 손님 쪽(아내)은 사납게 성을 내고 있었다.

"내가 실수했을 리가 없어. 은행에서 막 빼 왔으니까 5천 엔 지폐가 섞였을 리가 없다고요!"

호텔의 사장에게 편지를 쓸 테니까 명함을 달라는 소리까지 들렸다. 게다가 옆에서 끼어들려는 남편에게 날카롭게 쏘아붙였다.

"당신은 가만히 있어요!"

그 후로 남편의 목소리는 두 번 다시 들리지 않더라고요.

이런 '지불했다, 안 했다' 분쟁은, 그 자리에서 증거를 댈 수 없어서 깔끔하게 해결하기 어렵다. 호텔 쪽도 돈을 똑똑히 확인하고 받아야 한다. 손님은 "금전등록기 안의 돈을 어디 확인해보자고요"라고도 했는데, 지금 그 자리에서 돈을 계산해서 호텔 쪽이 옳았다고 해도, 저 아주머니가 자기 착각을 인정할 수 있을까? 거짓말을 하지 않았다고 믿어주길 원하는 아주머니의 마음도 이해한다. 하지만 호텔 직원이 바닥에 무릎까지 꿇고 "저희가 잘못했습니다"라고 사과하는 모습을 보면 안타까웠다. 아주머니는 이런 말도 했다.

"입으로는 사과하고 속으로는 재수 없다고 생각하죠?"

다른 사람의 마음속까지 확인할 수 없다. 분노를 어느 시점에서 가라앉힐지도 어려운 문제다.

게재지·주니치 신문

인연이 있어서 쇼치쿠 영화사의 시사회 안내장을 매번 받는다. 무료로 영화를 볼 수 있다니 최고라고 처음에는 기뻐했는데, 갈수록 귀찮아져서 거의 이용하지 않는다. 그런데 이번에 도착한 시사회 엽서를 보고 오랜만에 갈 마음이 생겼다. SMAP*의 기무라 타쿠야가 무대 인사를 한다지 않나!

그래서 당일에 엽서를 들고 외출했는데, 미리 말해둬야 할 것이 나는 안내장이나 설명서를 대충 읽고 마는 나쁜 습관이 있다. 그날도 데이코쿠 극장까지 갔는데 시사회가 없다고 해서 '이상하네?' 하고 잘 살펴봤더니, 시사회장은 데이코쿠 호텔이었다. 허둥지둥 그쪽으로 갔다.

그런데 이번에는 접수처에서 방명록에 이름을 적자, 관계자가 "게재지도 적어주세요"라고 해서 멍해진 나. 다시 엽서를 봤더니, 시사회가 아니라 영화 제작 발표회였다! 시사회는 무슨, 영화는 아직 한창 촬영하는 중이었다. 이제 와서 돌아가겠

* 스맙. 2016년까지 활동했던 일본의 대표 남성 그룹이다.

다고 할 수도 없어서, '게재지·주니치 신문'이라고 적어 상황을 모면하고 기자석에 앉았다.

기자석에는 텔레비전, 잡지, 신문 보도진이 모여 대기하고 있었다. 다들 일하는 자세다. 나로 말하면, 시사회인 줄 알고 노트 하나 들고 오지 않았으니 그저 앞을 보고 앉아 있을 뿐이었다. 주위에서 '저 사람은 뭐 하러 온 거야?'라고 생각했을 것이다.

이윽고 제작 발표회가 시작됐고, 기무라 타쿠야의 실물을 봤다. 하지만 와서는 안 될 곳에 온 나는 긴장해서 제대로 볼 수 없었다. 참고로 그 영화는 야마다 요지 감독의 〈무사의 체통〉이라는 시대극으로, 후지사와 슈헤이의 소설이 원작이다.

이렇게 주니치 신문에 열심히 글을 썼어요…….

겹겹이 바른

페디큐어 같은 하루하루

부족한 건

기회라는 말은 안 하겠어

고액 쇼핑

5만 엔이다. 무엇이 5만 엔이냐 하면, 화장품 가격이다. 단골 화장품 가게 언니에게 "요즘 피부가 건조해요"라고 말하자, 보습 효과가 뛰어난 크림이 있다면서 광고 책자를 건네주었다. 봤더니 금액이 5만 엔이라고 적혀 있었다. 무심코 "비싸다"라고 내가 외치자, 매장 언니가 웃음을 터뜨렸다.

"매일 쓰는 게 아니라 일주일에 두 번만 써도 피부가 촉촉해지고, 반년은 쓸 수 있어요. 반년으로 나누면 저렴하다고 생각하지 않으세요?"라고 매장 언니가 말했다. 그렇게 설명해도 나는 신용카드가 없으므로 산다면 일시불이다. 지나친 고액 쇼핑이다.

"저도 쓰는데 진짜 좋아요!"라며 적극적으로 추천해줬지만, 당신은 직원 할인이고 나는 전액 부담이잖아요…….

화장품에 5만 엔. 안 돼, 안 돼, 절대로 안 돼. 포기하고 돌아왔는데, 기쁘게도 매장 언니가 크림 샘플을 사흘분 챙겨주었다. 이것만으로도 8백 엔은 하겠네? 구두쇠 같은 생각을 한 나는, 5만 엔짜리 크림에 적합한 인간은 아닌 것 같다.

아무튼, 그 크림 말인데 써보니 정말 좋았다. 밤에 바르고 자면, 다음 날 아침에 깜짝 놀랄 정도로 피부가 촉촉하고 팽팽하다.

아아, 갖고 싶어. 5만 엔짜리 크림이 갖고 싶어. 하지만 과연 나에게 이런 사치를 허락해도 될까? 연금을 받는 우리 부모님이 얼마나 검소하게 사는데, 딸인 내가 5만 엔이나 하는 크림을 살 상황이냐고? 하지만 피부의 이 보습감은 잊지 못하겠어. 사흘분인 샘플을 엿새에 나눠 사용하면서, 마음이 자꾸만 흔들리는 나다.

어른으로 가는 길

얼마 전에 후지야마 나오미와 나카무라 간사부로의 연극을 보러 가려는데, 티켓이 보이지 않았다. 아무리 찾아도 없고 공연 시작 시각은 다가오고, 정신을 거의 반쯤 놓았다.

경쟁이 치열한 티켓을 구해준 건데 어쩌지. 기대했던 연극인데. 하지만 아무리 찾아도 없으니까 오늘은 포기할 수밖에 없겠지…….

"티켓이 사라졌어!"

티켓을 구해준 친구에게 거의 울먹이며 전화를 걸었다. 친구가 "괜찮아, 괜찮아"라며 달래더니 우선 극장 전화번호를 알려주며 전화를 걸어서 사정을 설명하라고 했다. 그날은 친구 총 일곱 명이 연극을 보러 갈 예정이었는데, 친구는 내 전화를 끊자마자 곧바로 다른 친구들에게 연락해서 좌석을 확인하고 내가 잃어버린 티켓의 좌석 번호를 조사해주었다.

"8열 30번이 네 번호니까 접수처에 가서 그렇게 말하면 돼."

겨우 몇 분 만에 완벽하게 해결이 되어서, 그저 '어떡하면 좋아' 하며 우왕좌왕했던 내가 부끄러웠다. 혹시 다음에 친구에게 이런 일이 생기면 나도 지금처럼 대처할 수 있는 어른이 되겠어! 나이는 이미 어른이 됐지만, 매번 이렇게 다짐한다.

그러고 보니, 티켓을 구해준 친구에게 돈을 줄 때도 처음에 나는 돈을 지갑에서 꺼내 그냥 줬다. 그런데 다른 친구들은 집에서부터 미리 봉투에 돈을 넣어 와서 주는 것이 아닌가.

나도 다음부터는 그렇게 해야지.

가까운 친구들에게도 배울 점이 넘치도록 많다고 진지하게 생각하는 서른일곱 살의 나였다.

세뱃돈을 줘도

감사 인사는 듣지 못하네

'마지못한' 느낌

텔레비전 상태가 이상하다. 2~3일쯤 전에 느닷없이 뚝 꺼지나 싶더니, 마침내 아예 켜지지 않았다.

산 지 5년밖에 안 됐으니 아직 새것이나 마찬가지인데.

구시렁구시렁 투덜거리며 제조회사에 전화를 걸자, 며칠 안에 수리 기술자를 보내준다고 했다.

수리 당일, 기술자는 오자마자 텔레비전 뒤의 뚜껑을 열고 조사를 시작했고, 접촉이 나쁘니 고쳐야 한다고 했다.

"요금은 출장비 포함해서 1만 2천 엔인데 어떻게 하시겠어요?"

이렇게 묻기에, 나도 모르게 "비싸네요"라는 말이 나와버렸다. 심지어 "안 내면 텔레비전을 못 보니까 싫다고 할 수도 없고요"라고 비꼬기까지 한 나…….

나로서는 이해할 수 없는 '기술료'로 1만 2천 엔이나 내는 것이 너무 아까웠다. 정말로 비용이 그렇게까지 드나? 이렇게 의심하고 마는 내가 싫었다. 결국 떨떠름하게 지갑에서 돈을 꺼내 지불하고 "고생 많으셨어요"라고 인사도 했지만, 나의

'마지못한' 느낌은 수리해준 기술자에게도 고스란히 전해졌을 것이다. 시간이 좀 지난 뒤, 나쁜 짓을 했다 싶어 가슴이 아팠다.

기술료는 눈에 보이진 않지만 엄연한 상품이다. 그런데 손에 쥐고 볼 수 없다는 이유로 가볍게 여긴다. 나 같은 손님이 많을 테니, 그 기술자는 매번 비꼬는 소리를 들을지도 모른다.

워낙 사건이 많다 보니 시종일관 '속아 넘어가면 안 돼', '쉽게 믿으면 안 돼'라고 긴장한 채로 생활한다. 그런 탓에 남에게 상처를 줄 때도 있을 것이다. 최소한 지불하는 사람이 순순히 납득할 수 있는 수리 요금 시스템이 있으면 좋겠는데…….

유명하지 않아서 미안해요

엄마 이야기를 쓴 에세이를 1년 전에 출판했는데, 팔림새가 좋다고 마침 연락이 왔다. 참고로 나고야에서 판매가 좋다고 한다.

주니치 신문*에 연재해서 그러나?

순간적으로 생각했는데, 나의 다른 책들이 나고야에서 딱히 잘 팔리진 않는 점을 고려하면 나고야에서 '엄마'라는 주제를 좋아하는 걸까? 이리저리 머리를 굴렸는데, 어느 쪽이든 좋은 소식이다.

가끔 "책은 어떻게 출판하는 거야?"라고 묻는 사람이 있는데, 나도 잘 모르겠다. 보통은 출판사 편집자가 어느 날 편지를 보내오면서 시작된다. 편지에는 대체로 좋은 이야기만 가득 적혀 있다.

'이제까지 내신 책이 재미있고 훌륭해요. 우리 출판사에서

---

* 일본 아이치현과 그 주변 지역에 주로 배포되는 지방 신문이며, 나고야는 아이치현의 현청 소재지다.

도 책을 꼭 출간하고 싶어요.'

편지지에 적힌 글자는 달필이고, 이유는 모르겠는데 일일 특급으로 도착한다. 그 후에 편집자와 카페 같은 곳에서 실제로 만나서 출판하고 싶은 책에 대한 이야기를 주고 받으며 미팅을 한다. 단, 이 단계에서 바로 출판이 결정되는 것은 아니다. 세상일이 다 내 마음 같지 않다. 몇 주쯤 지나 연락이 온다.

"출판이 어렵게 되었습니다."

이유는 안다. 기획 회의에서 떨어졌기 때문이다.

편집자가 "이런 책을 내고 싶습니다"라고 사내 회의에서 제안하면, "마스다 미리? 그게 누군데? 몰라. 안 팔리는 걸 왜 내(상상)"라면서 통과되지 않는 것이다. 나를 밀어준 편집자에게 오히려 "유명하지 않아서 미안해요"라고 사과하는 나…….

그렇다 보니 출판까지 이뤄낸 책이 얼마나 사랑스러운지, 서점에서 보면 나도 무심코 사고 만다.

결혼, 아이, 저금

"왜 결혼 안 해?"

나는 이 질문이 지긋지긋하다. 아니, 왜 일일이 캐묻는지 이해가 안 된다. 그런 개인적인 사항을 물어도 괜찮다면, 나도 묻고 싶다.

당신, 저금은 얼마나 있어? 연봉은 얼마고? 체중은 몇 킬로그램인데?

하지만 묻지 않는다. 그런 개인적인 것을 물으면 실례인 걸 아니까. 그런데 결혼이나 아이 이야기는 실례가 아니라고 생각하는 사람이 왜 이리 많은지. 물어봐도 괜찮다고 믿는 사람들이 정말 의아하다.

아이를 진심으로 갖고 싶어 하는 내 친구는 "왜 아이를 안 낳아?"라는 말을 들을 때마다 힘들다고 한다. 남을 괴롭히면서까지 자신의 궁금한 마음을 우선하는 것이 옳은 일일까? 또 답을 들었더라도 무슨 의미가 있나? 아마 아무런 의미도 없을 것이다.

나는 애인이 있지만 결혼은 안 했다. 해도 좋고 안 해도 좋다고 생각하는데 애인 의견도 같다. 그런데 "아직도 결혼 안 했어?"라는 소리를 종종 듣는다. 그것뿐이라면 괜찮은데 제일 싫은 것이, "얼른 애 만들어서 결혼해달라고 하면 되잖아"라는 충고다. 얼른 애 만들어서 결혼해달라고 하면 되잖아. 이게 무슨 뜻인가. 싸우자는 거야? 상대방의 얼굴을 빤히 쳐다보면 보통 웃고 있으니까 놀랍다.

나는 그런 소리를 그 누구에게도 안 할 것이고 할 마음도 없다. 나는 그런 말을 안 하는 인간이라서 다행이다.

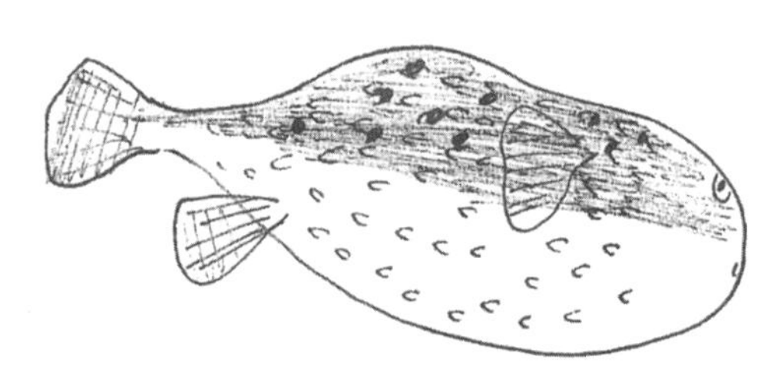

점보 비행기에서는

내가 보이지 않아

신용카드

회사원이던 시절에는 신용카드가 한 장 있었다. 그러나 프리랜서가 되어 혼자 일하기로 마음먹었을 때, '일이 궤도에 오를 때까지 카드는 안 가질래'라면서 해약했다. 그로부터 10년 뒤 다시 신용카드를 만들기로 했는데, 한국에 여행을 가게 되었기 때문이다. 외국이니까 카드 한 장쯤은 가지고 있어야 편리할 것 같았다.

일러스트 일도 하고, 주니치 신문에 연재도 하고, 내 책도 몇 권 나왔고, 빚도 없으니까 이제 카드를 가져도 되겠지?

자문자답하며 신용카드를 신청하러 갔다. 신청서를 전부 기입하고, 여행에 맞춰 집에 보내달라고 부탁했다. 그런데 아무리 기다려도 카드가 오지 않았다. 여행이 일주일 앞으로 다가올 때까지 도착하지 않아서 전화로 문의했더니, "심사에 떨어져서 카드를 만들 수 없어요"라는 소리를 들었다. 으악! 곧 여행인데 그런 소릴 하면 어떡해……. 어째서죠? 이유를 물어도 규정 때문에 대답할 수 없다고 한다.

일러스트 일도 하고 주니치 신문에 연재도 하고 내 책도 몇 권 나왔고 빚도 없는데, 나는 여전히 인정받지 못했다. 연 수입을 450만 엔이라고 적어서 문제였을까? 사실은 좀 더 버는데 일정하지 않아 낮춰서 적은 것이 역효과였을지도 모른다. 그래서 다시 전화를 걸어 연 수입을 사실대로 말했으나, 다시 심사해봐야 안다고 했다.

연 수입이 문제가 아니라 회사에 다니지 않는데 집도 없고, 부모님 집도 임대여서 안 되는 거려나. 아니면 내 얼굴에 장래성이 안 보여서?! 고민해본들 이미 카드는 여행에 맞추지 못한다. 하지만 뭐, 됐다. 카드가 없어도 아무 문제없는걸.

어른의 수학여행

고향 오사카에서 회사원 생활을 하던 시절에 친했던 동료 셋이서 여행을 가기로 했다. 셋이 만나는 것은 오랜만이다. 한 명은 지금도 여전히 같은 회사에 다니지만, 나머지 둘은 각자 이직을 했다. 내가 도쿄에 온 후로는 다 같이 만나기 쉽지 않아서 7~8년 만에 전원 집합이다. 예전부터 워낙 친했던 사이여서 다들 흥분했다.

좋아, 어디로 갈까?

다들 일정이 있어서 1박만 가능하니 멀리는 못 간다. 일단 온천이 좋겠다고 합의했는데, 어느 온천에 어떤 숙소를 고를지에 따라 여행 분위기가 달라진다.

나는 '하코네'를 제안했다. 셋 다 피부 미용만큼은 꼭 할래! 로 의견이 일치해서, 피부 미용이 포함된 숙박 상품을 골랐는데, 숙소가 대중적이어서 그다지 세련되지 않았다. 일단 예약을 해뒀는데 얼마 후, 둘 중 하나가 '아타미'의 리조트 호텔은 어떠냐고 했다. 당연히 피부 미용도 할 수 있고, 식사로 유행하는 슬로푸드가 제공된다. 홈페이지에서 사진을 봤더니 제법 세련되었다.

그러면 여기로 바꾸자!

'하코네' 숙소를 취소하고 며칠이 지났는데, 또 다른 한 명이 '이즈'에도 좋은 호텔이 있다고 연락을……. 피부 미용도 할 수 있고 경치도 좋고 석식에 야식까지 있다고 한다. 온천이 아니어서 아쉬운데 그 호텔의 피부 미용은 본격적인 발리식이라고 해서 확 끌렸다.

'이즈'도 좋겠다. 어쩌지?

매일 같이 휴대폰으로 연락을 주고받았다.

하지만 사실은 어디든 좋다. 셋이서 밤늦게까지 수다를 떨며 주전부리를 먹고 싶을 뿐이다. 어른의 수학여행 같아서 들뜬 삼십 줄의 우리다.

국민 건강 보험 사기

"국민 건강 보험과입니다."

어떤 여성이 전화를 걸었다. 평소라면 이체를 깜박해서 재촉 전화가 왔다고 생각했을 테지만, 이번에는 지난주에 내러 막 다녀온 참이었다. "냈는데요?" 내가 말하자 "확인이 안 됩니다"라는 대답이.

나는 구청 담당 부서에 냈으니까 거기에 전화해서 확인하면 알 수 있다고 했는데, "저희 쪽에선 전화할 수 없습니다"라며 모르쇠다. 왜냐고 물어도 그럴 수 없다고만 대답해서, 그렇다면 책임자를 바꿔달라고 했더니 수화기 너머로 남성의 목소리가 들렸다. 그런데 이번에도 무성의한 대답이 돌아왔다.

"컴퓨터 연결이 늦어졌습니다. 죄송합니다."

사람 얘기를 듣는 건지 마는 건지 기계적인 말만 반복했다.

"컴퓨터는 알겠는데, 만약을 위해 그쪽이 전화해서 확인해 주세요. 안 냈다고 되어 있으면 저도 불안하잖아요."

이렇게 요청해도 대답은 역시나 "그럴 수 없습니다"였다.

알겠어요, 그럼 됐어요. 직접 확인하죠.

곧바로 구청 담당 부서에 전화해서 상황을 설명했는데, 당연히 보험료는 수납됐다. 그런데 불길한 소리를 들었다. 내게 전화를 건 인물의 이름을 국민 건강 보험과에서 확인할 수 없다는 것이다. 헉? 혹시 이거 사기 전화였나? 그러고 보니 전화했던 두 사람은 똑같은 얘기만 했는데…….

내 전화기는 착신 이력이 남는 기종이어서, 사기 그룹의 전화번호를 구청 공무원에게 말했더니, "그 번호는 구청이 아니니 저희가 연락해보겠습니다"라고 했다. 그 결과, 전화번호는 건강 보험료 재촉 전화를 위탁한 다른 사무소였던 모양으로, 한마디로 국민 건강 보험과의 관할이었다. 사기가 아니라 안심하는 한편, 내가 보험료를 낸 사실을 확인하는 데 한 시간이나 걸리다니 힘이 쭉 빠졌다.

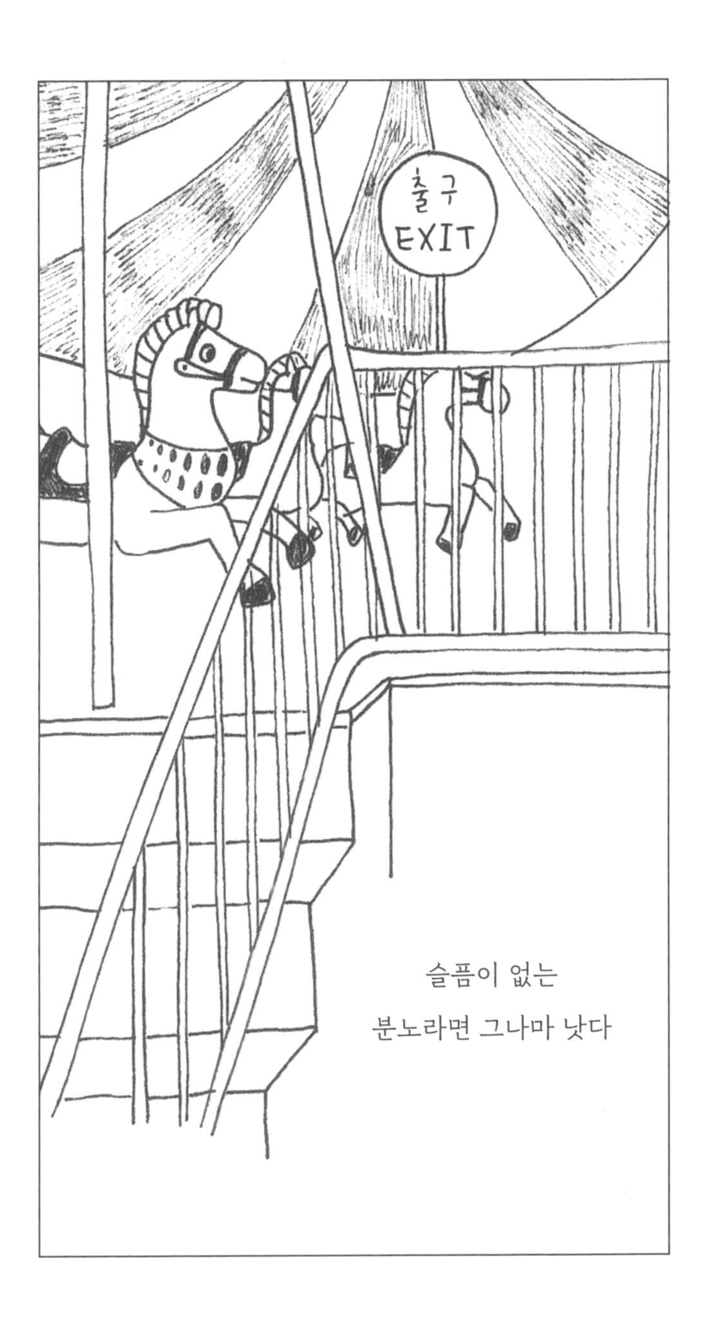

슬픔이 없는

분노라면 그나마 낫다

전문용어 접객

5년 전에 산 디지털카메라. 이미 두 번쯤 수리했는데 최근에 접촉 상태가 더 나빠져서 새로 사기로 했다. 저렴함을 내세우는 대규모 가전 전문점으로 향했다. 디지털카메라 매장에 가서 직원에게 문의를 했다. 나는 기계에 문외한이어서 뭐가 좋은지 잘 모른다.

내가 원하는 건 지금 쓰는 디지털카메라의 메모리카드를 그대로 쓸 수 있는 같은 유형의 카메라였다. 요구 사항을 들은 점원이 카메라를 몇 대쯤 보여주었다. 이어서 기능을 설명해 준 것은 좋았는데, 전문용어가 너무 많아서 하나도 못 알아들었다.

요즘 자주 생각하는데, 전자제품을 파는 직원 중에는 자기 지식을 뽐내고 싶어 안달인 사람이 있는 것 같다. “그건 어떤 기능이에요?”, “무슨 뜻이죠?” 내가 물어보면, ‘이런 것도 모르신다~?’라는 깔보는 표정을 짓는다. “지금까지 어떤 제품을 쓰셨어요?”라고 묻길래 내 디지털카메라를 보여주자, “이거 되게 오래된 거예요~”라면서 웃기까지. 정작 나는, 접촉이 나쁘지만 잘만 하면 쓸 수 있는 카메라인데 새로 사야 한다니 낭비라는 심리가 가득한데 말이다.

취재하러 갔을 때 지장이 생기면 곤란하니까 큰마음 먹고 5년 만에 새로 사는 것이다. 이런 마음을 헤아려달라는 소리야 안 하겠는데, 전자제품을 잘 아는 사람에게는 잘 아는 사람이 기뻐하는 전문용어 가득한 접객이 있고, 잘 모르는 사람에게는 잘 모르는 사람 대상의 접객도 있는 것 아닌가.

직원 모두가 영어로 된 전문용어를 쓰면서 기능을 설명해주니 당황스럽단 말이다.

초보자

디지털카메라를 사려고 저가 가전 전문점에 갔다가 전문용어만 늘어놓는 불친절한 직원을 만나 당황했다. 일단 그 자리를 떠나 매장을 두리번두리번 둘러보며 친절해 보이는 다른 직원을 물색했다. 착해 보이는 사람이 있어서 말을 걸었다.

"디지털카메라가 필요한데요."

그런데 그 청년은 왼쪽 팔에 실습생이라고 적힌 완장을 차고 있었다. 순간 실습생은 좀 싫다고 생각했는데, 얼른 반성했다. 누구든 처음에는 이렇게 일을 배우는 것이니까 연장자인 내가 이런 생각을 하면 안 된다. 나는 그 청년에게 디지털카메라를 골라달라고 부탁했다.

청년의 설명도 영어를 쓰는 전문용어가 많아서, "이런 걸 잘 모르는 사람도 이해할 수 있게 말해주세요"라고 부탁하자 알기 쉽게 설명해주었다. 마침내 마음에 드는 디지털카메라를 발견해 사기로 했다. 실습생이 재고를 확인하러 간 사이 나 혼자 매장에서 기다리는데, 아까부터 우리 대화를 지켜보던 베테랑 직원이 다가왔다.

"이 카메라도요, 조금 예전 모델이긴 하지만 성능이 꽤 좋아요."

그러면서 다른 카메라를 보여주는 것이 아닌가. 심지어 지금 사려는 것보다 6천 엔 정도 저렴했다. 설명을 들어 보니 점점 더 마음에 들어서, 돌아온 실습생에게 "이걸로 바꾸려고요"라고 말하자, 베테랑 점원이 한 건 했다는 표정으로 실습생에게 웃어 보였다.

가전 전문점에서 돌아오는 길에, 역시 실습생이 최선을 다해 설명해준 카메라를 살 걸 그랬다고 후회했다. 이번 일이 그의 자신감으로 이어져서 '일이란 재미있는 거구나'라고 생각하는 계기가 되는 편이 나았을 것이다. 어차피 기계치인 나다. 실습생의 카메라를 사면 좋았을 텐데. 가슴이 아팠다.

삽화를 그리는 일

잡지에 실릴 소설에 삽화를 그리는 일도 가끔 하는데, 나는 그럴 때면 평소 이상으로 의욕이 넘친다.

소설가가 번민하고 또 번민하며 쓴 소설의 삽화다. 그 소설을 최대한 아름답게 포장하는 것이 일러스트레이터가 할 일이라고 생각하면, '발목을 잡으면 안 돼!' 하고 힘이 들어간다.

이 이야기의 어떤 장면을 그림으로 그릴까. 원고를 읽으며 나만의 상상을 펼친다. 소설 이미지와 잘 맞는 장소를 찾아 카메라를 들고 거리로 나갈 때도 많다.

내가 삽화를 담당한 소설이 어지간히 지루한 내용이 아닌 한 대체로 깊은 애착을 느낀다. 작가에 대해서도 완전히 내 식구처럼 응원한다. 게재된 잡지 표지에 그 소설가의 이름이 없으면, '왜 내 작가님의 이름을 크게 안 내주는데?' 하고 신경 쓰인다. 이렇게 훌륭한 소설인데 표지에 이름이 안 실리다니……. 유명 작가들의 이름이 주르륵 실린 표지를 보면, 내가 삽화를 그린 소설의 작가님은 분명히 실망했을 거라면서 걱정한다. 흡사 친척 아주머니 같다.

그리고 바란다. 언젠가 그 사람의 이름이 잡지 표지에 커다랗게 실리기를. 아쿠타가와상*이나 나오키상** 을 받기를. 이왕이면 상을 받은 책의 표지 그림을 내가 그릴 수 있기를.

이런 소망을 담아 삽화를 그린다. 잡지 구석에 작게 게재되는 일러스트레이터의 이름에는, 아마 아무도 시선을 주지 않을 것이다. 그래도 소설을 위해 그림을 그릴 때면 정신을 바짝 차리고 책상에 앉는다.

---

*, ** 일본의 대표적인 문학상이다.

날이 갤 때까지 그대로 있으렴,

빨래야

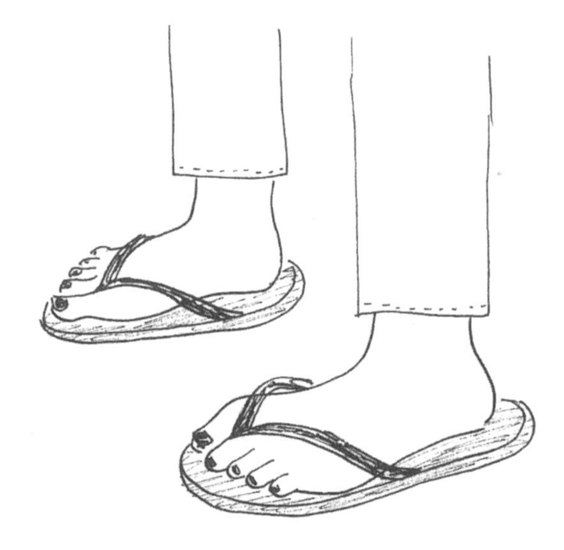

느긋한 여행

이 세상에 '여유로움을 견디지 못하는 사람'이 있다는 것을, 여자 친구들 셋이서 리조트 호텔에 갔을 때 알게 되었다.

이왕 여행을 왔으니 할 수 있는 건 다 하고 싶어!

이런 행동파가 한 명 있어서, 치밀하게 일정을 짜주었다. 이즈 고원에 도착해서 호텔에 짐을 놓자마자 버스를 타고 관광을 하러 가고, 밤에는 호텔의 피부 미용을 예약해뒀으니까 5시에는 목욕을 마치고 5시 반부터 식사를 하고 피부 미용을 받은 다음, 다 같이 탁구를 치고 바에서 술을 마시며 야식을 먹고, 옥상에서 별을 관찰한 다음 방으로 돌아와 프런트에서 빌린 플라네타륨을 감상하면서 잔다. 간식을 먹으며 뒹구는 여유로운 시간이 들어갈 틈 없는 시간표였다.

처음에 여행 계획을 세울 때는 "느긋하게 지내고 싶어~"라고 말했으면서, 정작 여행을 떠나자 친구는 이것도 하고 저것도 하고 싶어졌나 보다. 실제로 그 전부를 실행에 옮기는 바람에 나와 또 다른 친구는 선생님에게 끌려다니는 학생처럼 일정을 필사적으로 소화했다.

하긴, 내가 아침에 눈을 떴더니 친구는 벌써 아침 일찍 온천 목욕을 마쳤고 아이스크림까지 먹었다고 자랑했었지. 이불 위에서 계속 뒹굴기만 하는 우리를 재촉해서 "모처럼 온 거니까 아침 바다도 봐야지"라며 호텔 옥상으로 연행했다. 잠이 쏟아져서 그럴 정신이 없었지만 아무튼 봤습니다, 바다도.

그래도 제법 즐거운 여행이었다. 다른 사람의 눈치를 보지 않고 내 방식대로 여행을 즐기는 내가 되고 싶다. 나는 그렇게 생각한다.

1,500엔짜리 커피

집 근처에 좋아하는 카페가 여러 군데 있는데, 모두 지극히 평범한 곳이다. 커피는 350엔 정도로, 비싸도 400엔이다. 잠깐 들르는 정도라면 180엔의 셀프서비스 카페도 자주 이용한다. 가끔 커피가 500엔대인 고급 카페에도 가는데, 대체로 화장을 꼼꼼하게 한 날이다. 그날그날 내 상황에 따라 카페 선택이 달라진다.

그건 그렇고, 도쿄의 고급 호텔 라운지처럼 세련의 극치인 카페에서 커피를 마시면 예사로 1,200엔 혹은 1,500엔이나 드는데, 그 가격에는 매번 기절초풍한다. 그런 곳은 일 관련 미팅으로만 가니까 내가 계산한 적은 없는데, 커피에 1,500엔이나 쓰기는 꺼려진다. 1,500엔의 커피보다 아무래도 같은 가격인 바나나 주스에는 바나나와 우유가 들어가니까 돈을 내는 사람도 지불하는 보람이 있지 않을까, 싶어서 나는 바나나 주스를 주문하곤 한다. 지나친 생각인가요…….

카페 이야기로 돌아와서, 책을 느긋하게 읽고 싶을 때는 디저트가 맛있는 곳을 찾는다. 갓 구운 와플을 먹고 차를 마시면서 독서하는 시간은 정말이지 즐겁다. 일할 때는 작은 테이블에서 끼적끼적 그림을 그리다가 음료를 쏟을지 모르므로 테이블이 듬직하게 큰 카페가 좋다. 그런데 테이블이 크고 사람이 적어서 자주 가는 카페는 디저트가 맛이 없어서 배가 고파도 꾹 참는다.

집에서 작업을 해도 되니까 굳이 카페에 갈 필요는 없지만, 카페를 골라서 가는 것은 취미가 없는 나의 즐거움 중 하나다.

아픔을 생각하다

어려서 방광염에 걸려 병원에 다닌 적은 있어도, 다른 큰 병에 걸린 적은 없다. 몇 년 전에 건강진단을 받았는데 내 골밀도가 스무 살 젊은이보다 좋다면서 선생님이 감탄했다. 서른세 살 때였다.

또 자세하게는 모르겠지만 나는 좋은 콜레스테롤이 많다고 한다. 선생님이 그것도 칭찬해주었다. 콜레스테롤에도 좋고 나쁨이 있는지 몰랐으니까 칭찬받아도 뭔가 감이 안 오지만…….

아무튼 나는 아주 건강하다. 그래서 예전에는 종종, "몸 하나는 건강해요~"라며 우스갯소리처럼 말하곤 했는데, 요즘은 이런 말을 하지 않는다. 건강을 농담 삼아 말하면 안 된다는 생각이 들었기 때문이다. 작은 구내염 하나만 생겨도 하루 종일 우울해지니까. 그 몇 배나 되는 아픔과 투쟁하는 사람이 어딘가 있다는 것을 늘 염두에 둬야 한다고, 나 자신에게 충고하고 다짐한다.

조금 다른 이야기인데, 어려서부터 꼭 하는 일이 있다. 길에서 사이렌을 울리며 달리는 구급차를 볼 때면 '저 구급차 안에 있는 사람이 무사하기를', '지금 데리러 가는 사람이 살아남기를'이라고 간절히 바라는 것이다. 다른 사람과 같이 있으면 속으로 바라기만 하고, 나 혼자 있을 때는 "부디 괜찮기를"이라고 조용히 말한다.

무슨 의미가 있는지 물으면 할 말은 없지만 어쩌다 보니 습관이 됐다. 설령 모르는 사람이라도 무사하기를 바라는 마음은 중요하다고 생각한다.

어머니의 날이 아닌 날에도

그리움이 쌓이네

선수 입장

4년에 한 번 열리는 축구 월드컵. 평소 축구를 전혀 보지 않지만 월드컵 때는 꼭 챙겨 본다. 그러면서도 축구에 대해서는 도통 모르겠다. 특히 오프사이드. 아무리 설명을 들어도 도무지 이해가 안 된다. 이제는 포기해서, 노란 깃발이 올라가면 반칙이라 여기고 깊이 추궁하지 않는다.

텔레비전에서 해주는 월드컵 중계 중에서 나는 선수들이 입장하는 장면이 제일 좋다. 아무리 봐도 안 질린다. 어느 나라의 팀이든 볼 때마다 눈물을 글썽거린다.

축구 선수가 어린이와 손을 잡고 입장한다는 것을 처음 알았을 때, 얼마나 감동했던지. 선수들과 손을 잡은 아이들은 그 추억을 평생 소중히 간직하고 살겠지? 상상만 해도 가슴이 떨린다. 스포츠 선수를 직업으로 선택해서 전 세계를 무대로 플레이하는 지극히 일부 사람들. 그들과 손을 잡고 그라운드까지 걷다니, 이 얼마나 가슴 벅찬 추억일까. 나라면 평생 나와 손을 잡은 선수의 팬이 될 것이다.

그 선수들은 아이들의 작은 손을 잡으면 어떤 마음일까?

어려서부터 매일매일 힘겹게 연습했던 시절을 떠올릴까? 그 때를 가슴에 품고 '좋아, 이겨주마'라고 생각할까? 손을 잡은 아이에게 미소를 짓는 선수를 볼 때면 정말 도량이 큰 사람이다 싶어 기뻐진다.

입장 장면을 더 오래오래 보고 싶어!

이런 생각을 하며 나의 월드컵은 끝나간다.

친절과 예의

내가 할머니가 됐을 때 전철에서 청년이 자리를 양보해준다면, 유난스러울 정도로 고마워하며 기쁘게 앉을 것이다.

나를 너무 늙은이 취급하는 거 아냐.

속으로는 이렇게 생각할지언정 양보해준다면 반드시 앉고 싶다.

사람으로 넘치는 도쿄. 여러 지방에서 수많은 사람이 찾아와 살아가는 이 도시에서, 청년이 모르는 할머니에게 "앉으세요"라고 말을 걸어준 것이다. 그 용기를 당연히 칭송해야 한다. 내 의지나 자존심 따위 제쳐두고, "고마워라, 덕분에 살겠네" 하고 앉아야 예의라고 생각한다.

갑자기 이런 생각을 한 이유는, 며칠 전에 전철을 탔다가 어떤 청년이 할아버지에게 자리를 양보하는 광경을 목격했기 때문이다. 복잡한 차량에서 청년이 속삭이듯이 "앉으세요"라고 말하며 할아버지에게 자리를 양보했다. 그런데 할아버지는 청년이 양보한 자리에 앉지 않았다.

"역 하나만 가면 되니까 괜찮아요."

그렇게 그 자리는 텅 비어버렸다.

역 하나니까 괜찮다고 한 할아버지의 겸손한 마음도 이해하지만 그건 그 사람의 기분이다. 그런데 청년은 자신이 아니라 남을 위해 움직였으니까 그 마음을 헤아려주면 좋았을 것이다.

고맙다고 인사하고 앉음으로써 그 청년이 다음에 또 다른 사람에게 자리를 양보하겠다고 생각할지도 모른다. 임신부에게 "앉으세요"라고 말을 걸지도 모른다. 그 청년이 어차피 거절당할지도 모르니까 됐다고 생각하지 않도록, 어른은 제대로 고맙다고 해야 한다. 그러니까 나는 할머니가 되면 꼭 그렇게 할 것이다. 이런 생각을 하며 전철을 탔다.

편한 일

매달 5만 엔의 원고료를 받을 수 있는 일이 한 번 만에 끝났다. 매달 5만 엔이면 1년에 60만 엔이다.

나는 프리랜서로 일하므로, 매월 생활비는 몇 개의 원고료를 받은 금액으로 충당한다. 5만 엔이 더해지면 당연히 기쁘다. 정기 수입을 확보하면 안심도 된다.

하지만 일을 끝낸 것은 내 쪽이었다. 그 일은 거래처에서 하라는 대로 무조건 칭찬만 하면 되는 일이었다. 내가 조사를 해서 문장을 쓰는 일인데, 내가 어떻게 생각하는지는 전혀 필요 없단다. 그저 상품이나 스폰서를 칭찬하면 된다. 나보다 앞서 그 페이지를 담당한 사람은 하라는 대로 충실히 했나 본데, 그 사람의 개인 사정 때문에 나로 교체해 들어온 일이다.

솔직히 말해서 이런 일은 편하다. 하라는 대로 하면 끝이니까. 하지만 그렇게 하면 내 창의성을 발휘하지 못한다. 나는 이렇게 하고 싶다, 저렇게 하고 싶다, 그래서는 재미가 없다, 내가 본 감상을 그리고 싶다, 더 재미있게 하고 싶다고 열정적으로 의견을 말했더니, 다음부터는 다른 사람으로 교체하겠다고

했다. 내 60만 엔이 이렇게 날아가다니~

그렇지만 잘됐다고 생각한다. 이럴 때도 있는 거다. 전혀 후회되지 않는다. 오히려 속이 다 시원할 정도다.

새롭게 일을 시작할 때는, 내게 말을 걸어준 사람이 나여서 다행이라고 생각해야 기운이 난다. 그렇게 생각하도록 노력하고 싶다. 하라는 대로 하면 된다거나, 전에 하던 사람과 똑같이 하면 된다는 일은 받기 싫다. 무엇보다 창작하는 사람이 다른 사람의 방식을 그대로 모방하다니 꼴사납다.

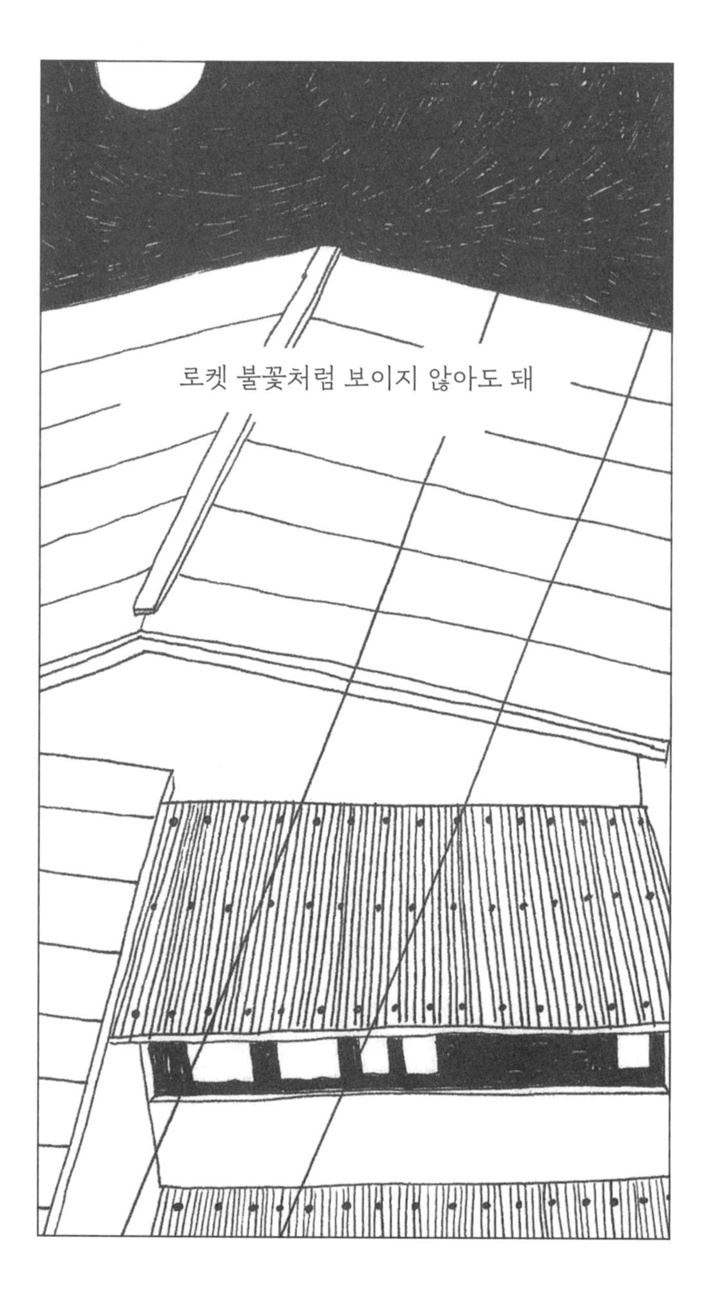
로켓 불꽃처럼 보이지 않아도 돼

파 키우기 도전

가을에 심은 튤립 알뿌리가 봄이 되어 활짝 꽃을 피웠을 때는 이루 말할 수 없이 기뻤다.

내가 꽃을 피우는 데 성공했어!

가슴 벅찬 성취감을 느꼈다. 흥분해서 다른 것도 심어보려고, 파 씨앗을 사서 베란다 화분에 심었다.

싹은 텄지만 아무리 기다려도 콩나물처럼 비실비실하기만 하다. 게다가 콩나물보다 가느다랗고 무순 같기도 하다.

아니, 이건 알팔파처럼 보이네…….

슈퍼에서 파는 파랗고 탄탄한 파로 성장할 기미가 도통 보이지 않는다.

그러고 보니 엄마도 고향 집 베란다에서 파를 키웠지. 얼른 전화해서 물어보니, "파를 씨앗부터 키우기는 어렵다더라"라는 것이다. 그럼 엄마는 어떻게 키운 거지? "슈퍼에서 산 파의 뿌리를 흙에 심었더니 자라던데?" 엄마의 말이었다. 파의 성장한 부분만 가위로 잘라 요리할 때 쓰고 시간이 지나면 또 거기에서 파가 자란다고 했다.

그 말은 평생 파를 안 사도 된다는 소리잖아!?

나는 더 큰 화분을 사서 파의 뿌리를 심었다. 며칠 지나자 엄마 말처럼 파가 무럭무럭 자랐다. 기분 탓인지, 처음에 산 파보다는 얇았지만 된장국에 넣어도 될 정도의 존재감이었다.

좋아, 이제 식비를 절약할 수 있어.

기뻐서 들떴는데, 파 주변에 자꾸만 작은 벌레가 날아다녀서 마음에 걸렸다. 게다가 한 번 수확하면 자랄 때까지 한동안 기다려야 해서 매일 아침 먹는 된장국에는 당연히 부족하다. 결국 슈퍼에서 파를 사고 있어서 그다지 절약하는 것 같지 않은 파 재배다.

진주 목걸이

목걸이를 두 개 가지고 있다. 하나는 엄마에게, 다른 하나는 친척 어르신에게 받았다. 둘 다 작은 다이아몬드가 달려 있어서 귀엽다. 두 개나 있으니 인생에서 더 필요하지 않겠지만, 나는 예전부터 진주를 좋아해서 이번 기회에 큰마음 먹고 사기로 했다.

그런데 도대체 얼마나 하려나?

진주가 전체를 다 덮는 스타일은 수십만 엔은 할 테니, 한 알만 달리면 된다. 만약을 위해 은행에서 5만 엔을 찾았지만 5만 엔이나 하면 포기할 생각이었다.

긴자의 진주 전문점은 고급스러운 분위기였다. 잔뜩 긴장한 채로 유리 진열장 안에 든 것을 몇 개쯤 구경했다. 한 알짜리는 2만 엔 정도여서 안심했는데, 가장 저렴한 것을 노리고 왔다고 여겨지면 부끄러우니까 2만 엔짜리 이외에 2만 5천 엔짜리도 목에 걸어보았다. 하지만 마음은 2만 엔짜리로 정했다. 그런데 "둘 다 담수 진주입니다만"이라는 것이다. 들어 보니 담수는 진주 중에서는 등급이 낮다고 했다. 이왕 사러 왔으니까 담수가 아닌 것도 보여 달라고 했다. 설명을 들으면서 보니 더 예뻐 보였다. 가격은 3만 6천 엔이었다. 겨우 진주 한 알인데! 그야 줄이 금 18K이니 금 가격도 있겠지만 비싸다. 하지만 고민 끝에 사기로 했다.

"마침 앞을 지나는데 갖고 싶어지지 뭐예요."

돈을 내면서 괜히 허세를 부리는 나. 가끔은 자산가 흉내를 내는 것도 유쾌하다. 역 화장실에서 진주 목걸이를 얼른 해보니 잘 어울렸다. 다만 목걸이가 목에 잘 걸려 있는지 걱정되어 걷는 중에 자꾸만 확인하면서 집에 돌아왔다.

갯장어 초밥과 우엉

여자 친구와 둘이서 결성한 '셀럽 모임'은 아직 속행 중이다. 첫 번째 모임 때는 고급 스페인 요리를 먹었다. 두 번째 모임은 호텔에서 야경을 보며 뉴욕 스타일 요리. 그리고 이번에는 메구로가조엔이라는 노포 호텔의 일식이었다.

기모노를 곱게 입은 여성이 넓은 개별실로 안내해주어 친구와 둘이 마주 보고 앉았다. 꼭 대담을 나누는 것 같았다. 대담하는 것처럼 사진 찍자! 둘이서 장난치며 사진을 찍는데, 직원분이 음료 주문을 받으러 와서 나동그라질 뻔했다.

우리 앞에 코스 요리 차림표가 펼쳐졌다. 꽈리와 토마토 소주 캐비어, 아스파라거스 무스, 새우 회오리튀김, 읽기만 해도 군침이 도는 메뉴가 가득했다.

그런데 한자로 '鱧'라고 적힌 초밥이 있는데 이건 뭘까?

"이거 어떻게 읽지?"

직원분이 나간 뒤 친구에게 물었다.

"잘 모르겠는데 '하모' 아닐까? 갯장어."

친구가 대답했다. 이 친구는 다정다감한 사람이어서, "그런 것도 모르니?" 하고 핀잔을 주지 않는다.

차림표 마지막에 '牛蒡'라는 한자가 있어서, "소고기 고명밥 맛있겠다"라고 친구에게 말했더니, "소고기 고명이라고?" 하고 반문했다. 어, 아닌가? 소 우니까 분위기만 보고 멋대로 '소고기 고명'이라고 생각했는데 불안해졌다. 차림표의 한자를 손가락으로 집자, 친구는 또 조심스럽게 알려주었다.

"잘 모르겠지만 우엉인 것 같아."

牛蒡가 우엉이라고! 소니까 당연히 소고기로 만든 고명인 줄 알았다. 힉! 부끄러워라!

한자를 못 읽어서 차림표에도 악전고투하는, 앞날이 걱정되는 셀럽인 나……. 그래도 요리는 정말 맛있었다. 한 사람당 1만 2천 6백 엔이었다.

내 몸

치과 검진을 받으러 갔는데, 충치가 네 개나 있다고 했다. 예전에 치료를 받으러 다녔던 동네 치과인데, 그때 치료해줬던 선생님은 이미 그만둔 것 같았다.

며칠 사이를 두고 우선 충치 치료부터 시작했다. 이미 은으로 씌운 이인데, 치료하는 김에 이왕이면 보기 좋은 하얀색으로 다시 씌우고 싶었다. 선생님에게 상담하자, 세라믹으로 하면 좋지만 10만 엔이나 든다고 했다. 보험 적용이 안 돼서 비싸다. 플라스틱도 괜찮다면 5만 엔이라고 해서 그러기로 하고, 본을 뜨고 2주 후에 씌우기로 했다.

그런데 이후에 친구들에게 충치 이야기를 했더니, 플라스틱인데 5만 엔이면 비싸다는 것이다. 하얗게 씌우는 것도 보험이 적용된다는 의견도 있어서 나는 갑자기 불안해졌다.

그 의사 선생님, 괜찮을까? 설명을 전혀 해주지 않았다. 왠지 불안해져서 그날은 밤을 꼬박 새워 인터넷으로 치아 치료를 조사하기까지…….

그럴 시간이 있으면 일 하나쯤 더 했을 텐데~!

알고는 있다. 하지만 나는 내 이가 더 중요하다. 내 이나 내 몸은 바꿀 수 없지만 일은 얼마든지 대타가 있으니까.

다음 날, 의사에게 전화를 걸어 자세한 설명을 다시 들어보기로 했다. 상담을 위한 예약이다. 플라스틱 이에 관해 납득할 만큼 질문을 할 것이다. 의사가 나를 진상으로 볼까봐 두렵다. 왠지 주눅이 들지만, 내 몸은 내 것이니까 훗날을 위해서 의사의 눈치를 살피지 않는 연습이 필요하다. 이렇게 생각하며 용기를 북돋는 나다.

먹고 싶은 것이 없어

하늘을 올려다보는 저녁

모르는 것

충치 치료한 이에 5만 엔짜리 하얀 플라스틱을 씌울지 말지 고민 중이다. 보험이 적용되는 것도 있다고 친구가 알려주었기 때문이다. 그래서 치과의사에게 자세히 설명을 들어봤는데, 플라스틱도 많이 발전해서 튼튼하다고 했다. 나도 인터넷으로 조사한 덕분에 선생님의 설명을 알아들었고 충분히 납득했다.

"자세히 설명을 안 해서 미안해요. 앞으로도 뭐든지 물어보세요."

여성 치과의사가 친절하게 말해주어서 다시 치료를 부탁하기로 했다. 사실은 만약 선생님이 내 질문을 귀찮아한다면 곧바로 다른 병원으로 바꿀 생각이었다.

그럴 때 내 치아 엑스레이는 어떻게 되지? 새로운 의사에게 가서 다시 찍으면 돈이 또 든다. 구(區)의 치과의사회가 있다는 것을 알고 전화해서 물어봤는데, 치과의사에게 상담하라고 했다. 그게 아닌데. 엑스레이를 받을 권리가 있는지를 일단 알고 싶다. 그런데 상담하라는 소리만 했다.

다음으로 도쿄도 치과의사회에 연락했더니, 상담은 일주일에 한 번이며 요일도 정해져 있으니 급하다면 도쿄도에서 운영하는 '환자의 목소리-상담실'에 전화하라고 했다. 오, 그런 것도 있어? 얼른 전화했더니, 치아 엑스레이는 치과의사가 5년간 보관할 의무가 있으니 받을 수 없다나. 단, 복사본은 받을 수 있다고 했다.

결과적으로 치과의사를 바꾸지 않았으니 엑스레이의 복사본은 필요 없었지만, 나도 전화로 궁금한 것을 물어볼 수 있어! 라고 생각하니 조금은 성취감을 느꼈다.

사랑의 시작

시부야의 서점에서 있었던 일이다.

서점 2층에 넓은 셀프서비스 카페가 있어서, 나는 쇼핑을 마치고 종종 거기에서 커피를 마시며 책을 읽는다.

그날은 커피와 빵을 사서, 창밖이 보이는 길쭉한 테이블 자리에 앉았다. '자, 느긋하게 책을 읽어야지~'라고 생각한 순간, 내 커피를 테이블 위에 엎질렀지 뭔가. 오른쪽에 앉은 남성에게 흘러가는 내 커피. 독서에 열중한 그가 밀려오는 커피의 파도를 깨닫지 못해서 다급하게 알려주었다.

"저기, 엎질렀어요!"

내가 카페 직원에게 행주를 빌리려고 계산대로 뛰어간 사이, 남성은 종이 냅킨으로 커피의 파도를 막으려고 노력했다.

직원도 도와주어서 사건은 간신히 해결됐다. 그런데 곤란한 일은 그다음이었다. 잘 보니, 그의 책에 커피 물이 조금 들었다. "괜찮아요"라고 해주었지만, 커피 한 잔쯤 대접해야 하는 상황 아닐까? 아니 잠깐만, 그런 짓을 하면 작업을 걸려고 일부러 커피를 쏟았다고 여길지도 모른다. 왜냐하면 양쪽에 남자 손님이 있었는데, 나는 멋있는 사람 쪽으로 (우연이에요!) 커피를 쏟은 것이다.

순간 생각했다. 서점에서 커피를 쏟은 인연으로 사랑이 시작되다니 멋져! 하지만 나는 이미 애인이 있으니까 새로운 만남은 곤란하다. 사과의 의미로 커피를 사고 싶지만 사랑은 할 수 없어……라고 생각하는 사이에 말을 걸 타이밍을 놓쳐서, 다시 한번 "죄송합니다"라고 사과하고 도망치듯이 서점에서 빠져나온 나였다.

뇌 나이

자기 뇌 나이를 알아보는 게임이 유행인가 보다.

다른 사람의 게임기를 빌려서 해봤는데, 내 뇌 나이는 예순세 살이었다. 참고로 실제 나이는 서른일곱 살이다. 게임기로 어떻게 검사를 하느냐면, 계산 문제가 나오고 또, 어어, 잊어버렸다…….

그러고 보니 최근 들어 우리 동네 지하철역의 자전거 보관소는, 자전거를 세울 때 한 대씩 앞바퀴를 기계에 끼우고 나중에 그 자리의 번호를 정산기에 입력해서 해제하는 시스템으로 바뀌었다. 나는 내 자전거를 세워둔 자리의 번호를 자주 잊어버린다. 굳이 기억하지 않아도 내 자전거를 세워둔 곳에 가서 번호를 확인하면 되니까 지장은 없지만, 정산기와 자전거를 세워둔 곳이 멀면 보러 갔다가 다시 정산하러 와야 하니까 귀찮다. 그렇다면 자전거를 세울 때 번호를 제대로 기억해두면 나중에 일부러 확인하러 가지 않아도 될 것이다.

좋아, 오늘은 124번에 세웠어.

그 자리에서 분명 외웠는데, 몇 시간 후에 돌아오면 까맣게 잊어버린다. 아니다, 고작 30분도 기억하지 못한다. 관찰해보니 자기 번호를 기억하는 사람이 제법 많아서 척척 자전거를 타고 사라진다. 자전거를 세운 번호는커녕 어디에 자전거를 세웠는지도 까먹고 어슬렁거리는 나 같은 사람은 기억력 좋은 사람들이 부러울 따름이다.

오늘은 똑똑히 외웠어. 그렇게 믿고 정산기에 번호를 입력하고 돈을 냈는데 남의 자전거 요금을 정산한 적도 있었지.

그래도 뭐, 지금은 일단 어떻게든 살고 있다. 게다가 우리 아버지의 나이는 일흔두 살, 엄마는 예순네 살. 딸인 내 뇌 나이가 예순세 살이어도 일단은 연하인 셈이니까요.

요즘 스타일 화장

예쁘게 화장한 젊은 여자들과 스쳐 지날 때마다 내 화장이 괜찮은지 불안해진다. 그렇다고 10대, 20대 여자들처럼 되고 싶은 것은 아니고, 될 수도 없지만 무리하지 않는 범위에서 유행하는 화장을 하고 싶다.

잘하려면 어떻게 해야 할까?

백화점 화장품 매장에서 종종 화장을 받는 사람이 있는데, 그게 참 신기하다. 뭘 해야 그 자리에 앉을 수 있을까? 애초에 직원에게 뭐라고 말을 걸어야 할지도 모르겠다.

"죄송한데요, 요즘 유행하는 화장을 해주실 수 있을까요?"

이렇게 부탁하면 될까?

화장품 매장을 돌아다니면 말을 걸어줄지도 모르니까 어슬렁거렸는데, "향 한번 맡아보세요"라며 건네준 향수 뿌린 종이를 받았을 뿐이다.

고민 끝에 화장품 브랜드의 고객 상담실에 메일을 보내 물어보았다.

"화장법을 배우고 싶어요."

그러자 레슨을 안내하는 답변 메일이 금방 도착했다. 40분짜리 맨투맨 레슨이 있다고 해서 얼른 신청했다. 심지어 무료였다!

당일에 백화점 매장에서 메이크업 레슨을 받았다. 그토록 동경하던, 매장에서 받는 화장이다. 먼저 피부 상태를 컴퓨터로 살폈는데, 촉촉해서 상태가 좋다고 칭찬해주었다. 이어서 메이크업 아티스트가 화장을 해주었다. 그런데 완성하고 보니 평소 모습과 별로 다르지 않아서, 내가 그렇게 화장을 못 하진 않는다 싶어 조금은 자신감이 붙었다.

오늘 정말 고마웠어요, 라며 인사하고 돌아온 것은 좋은데 미안해서 립스틱을 하나 샀다. '무료'에는 약간의 뻔뻔함도 필요하다.

처음 받은 월급 액수를 기억한다

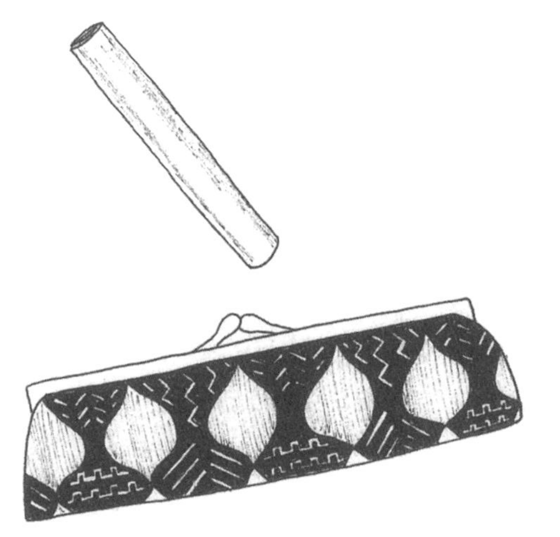

노후 불안

가끔 노후를 생각한다.

나는 도대체 어떻게 될까?

지금은 임대 아파트에 살지만, 나이를 먹으면 일도 줄어들 테고 그러면 수입이 없으니까 이 아파트에 계속 살 수 없다. 나는 아이가 없으니 부양해줄 사람도 없고. 그런 생각을 하다가 너무 불안해져서 구청에 상담하러 간 적이 있다.

"수입이 없어져도 살 수 있는 집이 있을까요?"

주택 담당인 아저씨는 멍한 표정으로 나를 바라보더니 이렇게 물었다.

"선생님, 지금 수입이 없으세요?"

"아니요, 지금은 있어요. 하지만 노후에 살 집이 있을지 불안해서……."

라고 대답하자, 나이를 더 먹은 뒤에 상담하러 오면 되지 않겠냐고 했다. 음, 그것도 그렇다고 생각하며 집으로 돌아온 나다.

돈이 넘치도록 많은 사람은 노후 불안이 적을까? 나는 부자가 된 적이 없어서 모르겠다. 고향 집은 건축한 지 40년이 훌쩍 넘은 오래된 주택단지여서 어디나 할 것 없이 낡았다. 그런데 이번에 재건축이 결정되어서 아버지와 엄마는 아주 기뻐하신다. "인생 막바지에 신축에서 살 수 있겠네!" 노후의 주거 불안함은 없나 보다.

어려서는 단지에 사는 것이 부끄러워서 친구에게도 숨겼는데, 이 나이가 되자 부러운 마음도 든다. 아버지도 엄마도 단지 내에 친구가 워낙 많고, 노년에 접어들수록 점점 더 가깝게 지낸다.

나는 어떻게 될까. 집을 산다는 것은, 나로서는 전혀 상상도 못 하겠다.

도쿄의 가을 저녁, 동네의 단지 앞을 지날 때마다 나는 문득 빈집이 없는지 창을 살펴보곤 한다.

살고 싶은 동네 순위

오사카에서 혼자 도쿄로 왔을 때, 딱히 의지할 데가 없었다.

흠, 어느 동네에서 살면 좋을까?

고민하던 차에 마침 젊은 여자들이 읽는 잡지에 '도쿄의 살고 싶은 동네 베스트 10'이라는 특집 기사가 실렸다. 1위, 2위인 동네는 인기가 있으니까 아마 집세가 비쌀 것이다. 그럼 3위 동네로 하자. 이런 이유로 나는 인기 순위 3위인 동네의 부동산으로 뛰어 들어갔다.

그로부터 10년. 도합 두 번 이사했지만 사는 동네는 지금도 다르지 않다. 참고로 10년 전에는 인기 3위였던 동네지만 최근 들어 순위가 뚝 떨어졌다……. 젊은 사람들 감각도 달라졌나 보다.

그건 다른 문제이고, 이 동네는 살기 참 좋다. 계절에 따라 다양한 행사도 열린다. 소규모 불꽃놀이, 축제, 노래 대회, 기타 이것저것. 우연히 행사를 보면 나도 멈춰 서서 구경하고 손장단을 맞추기도 한다. 할머니가 될 때까지 계속 여기에 살아도 좋을지도. 이렇게 생각할 정도로 마음에 든 동네다.

그런데 나는 지역 사람들과 가깝게 지낼 기회가 없다. 동네에 아는 사람이 한 명도 없다. 겨우 여섯 세대가 사는 작은 아파트인데 주민들 얼굴도 전혀 모른다. 복도에서 마주치면 인사는 하지만 얼굴까지는 안 본다. 상대의 신발에 대고 "안녕하세요"라고 말하는 정도다. 나는 이 마을을 좋아하지만, 이 마을에 그저 살고 있을 뿐이다.

딱히 성가실 것은 없다. 정말 편하다. 지금은 이대로 좋다.

아주 조금 쓸쓸한 것은, 장을 보고 돌아오는 길에 "저녁놀이 참 예쁘죠?" 하고 1분쯤 서서 정답게 대화를 나눌 이웃이 없다는 점이다.

무사도

내 양쪽 다리 정강이에는 상처가 있다. 이젠 제법 옅어졌지만 도려낸 것처럼 패여서 사라지지 않을 것이다.

열두 살인가 열세 살 때였다. 당시 나는 검도를 배웠고, 매년 여름에 하는 숙박 합숙에 참여했다. 그때 넘어져서 다친 상처다.

내가 다니던 어린이 검도 교실은 새로 생긴 곳이어서 모두가 1기생이었다. 나이 차이는 있어도 대부분 초보자였다. 여자아이들 중에서 내가 제일 나이가 많아 합숙을 하면 자연히 여자팀의 반장이 되었다.

검도는 무도(武道)이므로 연습은 물론이고 예의범절도 아주 엄격하다. 게다가 더 어린아이들을 돌봐야 하는 반장이어서 나는 합숙하는 내내 잔뜩 긴장했다. 이동할 때는 선두에 서서 다들 잘 따라오는지 돌아보며 걸었다. 그러다가 돌계단에서 미끄러져 굴러떨어지고 말았다. 다리에서 피가 철철 흘러서, 나는 아픔보다도 충격을 받아 넋이 나갔다. 그때 검도 선생님 한 명이 오더니 나를 꾸짖고 머리를 한 대 때렸다.

"반장이면 정신 똑바로 차려야지!"

나는 눈에 눈물을 방울방울 매달았으나, 모두를 이끌고 합숙소에 돌아와 약을 간단히 바르고 다음 날도 연습했다.

뭐가 예의고 뭐가 무사도람. 아이 다리에 평생 지워지지 않을 상처가 생겼는데.

나는 그때 일을 떠올릴 때마다 내가 불쌍해서 가슴이 아프다. 연장자라도 철없는 어린아이였다. 엄격하게 대하지 말고 "괜찮니?" 하고 업어주는 어른과 만나는 편이 성장하는 아이의 심리에 좋았을 것이다.

돈의 마력

돈을 많이 지불하면 으스대고 싶은 마음이 생기는구나.

최근 들어 종종 하는 생각이다. 예를 들어 신칸센의 그린차(일등석) 같은 경우다. 도쿄에서 고향 오사카로 귀성할 때, 평소라면 일반 지정석을 이용하는데, 가끔은 호강하려고 그린차를 탈 때가 있다. 편하고 넓은 좌석, 발을 놓을 공간도 있다. 자리에 앉으면 곧 물수건까지 나온다. 역시 요금이 비쌀 만하다며 기분이 좋아진다. 그런데 그린차 안에서 대화 소리가 큰 사람이나 냄새가 심한 도시락을 먹는 사람이 있으면 속이 부글거린다.

모처럼 우아하게 그린차를 이용하는 건데, 이래서야 다른 때랑 뭐가 달라!

평소라면 고작 이런 일에 화를 내지 않는데, '돈을 많이 지불했다'는 의식이 나를 다른 때보다 불쾌하게 만든다.

비슷한 이야기로, 얼마 전에 자기 발 모양을 정식으로 측정해준다는 구두 가게에 갔다. 충분히 조언을 듣고 한 켤레에 4만 엔이나 하는 가죽 구두를 샀다. 발에 좋은 구두가 갖고 싶었고, 평생 아끼며 신을 테니 오히려 이득이라고 생각했다. 그런데 실제로 그 구두를 신었더니 자꾸 쓸렸다.

비싼 돈을 주고 샀는데 불편하다니!

가게에 가서 몇 번 수선을 받았는데, 그때 나는 잔뜩 짜증이 난 상태였으니까 분명히 태도가 나빴을 것이다. 평소라면 그러지 않았을 텐데…….

돈을 많이 지불했다면 그에 적합한 서비스를 받고 싶다. 이 생각이 틀렸다고 할 순 없지만, 그걸 이유로 성질을 내거나 태도가 나빠지는 나를 보면, 돈에는 사람을 바꾸는 힘이 있다는 생각이 들어 두려워진다.

평생 단 한 번인 만남

요즘 화제인 홋카이도 아사히카와의 '아사히야마 동물원'에 다녀왔다.

신문에 광고가 실린 저렴한 여행 상품으로 이른 아침에 출발하는 비행편이다. 늦잠을 자면 안 된다고 긴장했더니 겨우 2시간 밖에 못 잤다.

우리 투어만으로도 버스 세 대가 만석이었다. 게다가 동물원에 도착하니 관광버스가 잔뜩 정차해 있었다. 사람이 이렇게 많은데 동물을 볼 수나 있을까? 걱정이 앞섰는데, 볼 수는 있었다. 인기가 가장 많았던 백곰도 참을성 있게 순서를 기다려서 한 걸음 한 걸음 앞으로 걸어갔더니 잘 보였다. 백곰이 헤엄치는 모습을 수조 측면에서 볼 수 있어서 평판이 좋다. 백곰이 정말 귀여워서 나는 한참 달라붙어 있었다.

"동물의 시력에 안 좋으니 카메라 플래시는 꺼주세요!"

관계자가 사방에서 거듭 주의를 주었으나, 플래시는 멈추지 않았다. '모처럼 온 거니까'라는 인간의 욕망이 동물원 안에서 발광하는 풍경이었다.

모처럼 왔으니까.

그 생각은 '앞으로 두 번 다시 못 올지도 모르니까'라는 조바심이다.

나는 플래시를 터뜨리며 사진을 찍진 않았지만, 역시 속으로는 '다시는 못 올지도 몰라'라고 생각하며 동물을 봤다. 최대한 즐겨야 한다는 생각에 초조했다.

언젠가, 언젠가는, 이라고 생각만 하다가 시간이 흐르는 것을 나도 어렴풋이 깨닫기 시작했다. 서른일곱 살은 아직 젊지, 이렇게 말하며 내 어깨를 두드리고 웃는 사람도 있지만, 서른일곱 살인 나 나름대로 늙어가는 불안이 있다.

인기 만점 동물원을 여행하며 문득 그런 감정을 느꼈다.

쓸쓸함은 혼자서 어떻게든 해야지

아픈 거, 아픈 거 날아가라~

지인의 어린아이들이 손짓 발짓을 하며 뭔가 말하려고 열심인 모습이 어찌나 귀여운지 모른다. "주세요"가 "우에오"로만 들리는 나는 어리둥절한 표정을 짓다가 아이 엄마가 통역을 해주면 간신히 이해했다. 장난감을 주워줬을 뿐인데 야단스럽게 "고마-다(고맙습니다)"라며 고개를 꾸벅 숙이면, 왠지 나까지 황송하다.

무엇보다 나를 '언니(누나)'라고 부르는 모습에도 면목이 없고…….

아무튼, 언젠가 그 만 두 살짜리 아이가 진지한 표정으로 내 곁으로 다가왔다.

왜 그러니?

내가 물어봐도 아이는 말로 표현하지 못하니 커뮤니케이션이 안 된다. 화장실에서 돌아온 아이 엄마가 그 모습을 보고 "어머, 손을 부딪쳤어? 아팠겠다. 아픈 거, 아픈 거 날아가라~" 하고, 아이가 어딘가에서 손을 부딪친 것을 단박에 알아차리지 뭔가. 어떻게 알았을까?

"어디에 부딪치거나 넘어지면 일부러 아픈 곳을 보여주려고 오거든."

호오, 그런 거구나. 그래서 그 아이는 내게 손바닥을 보여주며 알려준 것이다. "아팠구나? 가엾어라"라고 위로를 받고 싶어서.

아동 학대 뉴스를 볼 때마다 나는 손바닥을 보여주러 온 아이를 떠올린다. "아팠겠다" 하고 소중하게 손을 비벼줘야 할 어린아이인데, 비벼주기는커녕 학대의 대상이 된 것이다.

부모가 아프게 하는 아이는 도대체 누구에게 "아픈 거, 아픈 거 날아가라~"라는 주문을 외워달라고 하지?

아픈 손을 혼자 비비는 어린아이를 생각하면 늘 가슴이 아파온다.

둘이서 정한 것

동거하는 애인과 집안일을 분담해서 한다. 지금까지 전부 혼자 하던 것을 나눠서 하니까 서로 '이득인데?' 하는 기분을 맛본다.

단, 집안일 중에는 각자 서툰 분야가 있다. 나로 말하면 빨래를 구분해서 세탁하기가 귀찮다. 혼자 살 때는 수건도 옷도 속옷도 양말도 다 한꺼번에 세탁기에 넣었다.

반면에 애인은 분류하는 파다. "바지와 양말은 엄청 지저분하잖아"라며 열심히 분류해서 바지런히 세탁기를 돌린다. '엄청 지저분하다'는 말을 들으면 "내 건 그렇게 안 지저분해!"라고 반론하고 싶어지지만 뭐, 본인이 그러고 싶다니 맡긴다. 덧붙여 나는 다 마른빨래를 걷는 것도 귀찮아해서, 예전에는 다음에 세탁기를 돌릴 때까지 널어두곤 했다. 지금은 걷어주는 사람이 있어서 빳빳해지지 않은 옷을 입을 수 있어서 기쁘다.

방 청소는 내가 잘한다. 애인은 지저분한 줄 모르는 것 같다. 내가 청소하는 횟수가 자연히 많아졌다.

배가 고프면 얼른 밥을 먹고 싶으니까 요리는 늘 공동 작업이다. 내 솜씨가 더 좋아서 “자, 이거 잘라줘. 무 껍질은 이렇게 벗기는 거야” 하고 지시를 내리며 진행한다. 그러다 보니 애인의 솜씨도 점점 좋아져서 지금은 무조림이나 우엉조림도 뚝딱 만든다. 무말랭이 카레 초무침도 그의 특기 요리 중 하나인데, 이게 참 독특한 맛입니다…….

둘이 정한 것이 있다. 상대방이 해준 것에 반드시 고맙다고 말하는 것이다. “빨래해줘서 고마워”, “쓰레기를 버려줘서 고마워”, “차를 타줘서 고마워” 등등.

일부러 말하는 것에 의미가 있다. 고맙다는 말을 듣고서 비로소 깨달았다.

다가서기

기계에 약한 나는 텔레비전에서 각종 신제품을 볼 때마다 '가까이하기 싫다'고 생각한다. 동시에 내심 '그럴 수는 없지'라는 갈등이 생긴다.

나는 아직 서른일곱 살. 앞으로 젊은 사람과 일할 기회도 점점 늘 것이다. 그럴 때 기계에 약해서 모르겠어요, 못하겠어요, 같은 소리만 하면 일에 지장이 생기지 않겠어?

현실적으로 디지털카메라를 써서 하는 일도 늘었다. 내가 디지털카메라로 촬영해 온 사진을 컴퓨터에 넣고 원고와 함께 메일로 전송한다. 나는 그런 일을 못 할 줄 알았는데, "못하겠어요" 소리만 하면 일이 진행 안 되니까 설명서를 읽고 시행착오를 겪으며 어떻게든 할 줄 알게 되었다. 요즘 같은 시대에 일하고 살려면 이런 일도 스스로 할 수 있어야 하는 법이다.

그렇게 됐으니, 이번에는 요즘 시대에 따라가려고 새 휴대폰으로 바꾸기로 했다. 음악도 들을 수 있고 텔레비전도 볼 수 있는 최신 기종이다.

"2시간짜리 서스펜스 드라마도 볼 수 있어요~"

휴대폰 매장의 젊은 여직원이 설명했지만, 누가 휴대폰으로 2시간이나 드라마를 보겠어요!

흠, 그래도 재난이 발생했을 때는 텔레비전 기능도 도움이 될 테니까 2만 엔가량 하는 최신 휴대폰을 사서 돌아온 나.

아아, 귀찮다. 자잘한 문자가 가득 적힌 설명서를 펼치자 넌더리가 났다. 휴대폰 화면으로 뉴스와 일기예보까지 알려준다는데, 그런 건 아침에 신문을 보면 아니까 필요 없단 말이지. 하지만 이것도 앞으로 젊은 사람들과 일하기 위한 훈련이라고 생각하며 마지못해 새 휴대폰을 만지작거렸다.

정월

정월에는 고향 오사카에 돌아가지만, 설날 친척 모임에는 오랜 세월 결석했다. 결혼하지 않은 나는 왠지 가기 거북했고, 가면 세뱃돈 지출이 생기기 때문이다. 참고로 우리 집안의 세뱃돈은 초등학생이 5천 엔, 중학생 이상은 1만 엔이다. 나도 그렇게 받아와서 잘 알고 있다.

올해도 나는 참석하지 않을 생각이었는데, 갑자기 가볼 마음이 났다. 우리 부모님이 나이를 먹었듯이 친척 어른들도 늙으셨을 것이다. 어린 나를 귀여워해 주시던 분들의 얼굴을 오랜만에 보고 싶었다.

설날. 총 열서너 명이 고타츠 세 개를 합체한 테이블에 모여 점심을 먹었다. 그리운 풍경이다. 한때는 모두 성인들만 모였으나 사촌들에게 아이가 생겨 또 다양한 연령의 사람들이 모여 화기애애했다.

초등학생 둘에게 5천 엔씩 세뱃돈을 주었다. 고등학생인 줄 알았던 다른 두 명이 대학생이어서 놀랐지만, '학생'은 세뱃돈을 받는 시스템이므로 1만 엔씩 주었다. 합계 3만 엔이다.

친척 아이들이 정신없이 게임을 하길래,

"오오, 요즘은 이런 게 유행해?"

라고 눈웃음을 치며 나도 끼워달라고 했다. 아이들은 최신 게임에 푹 빠졌다. 팔에 기계를 장착하고 내가 움직이면 텔레비전 화면의 내 '분신'도 똑같이 움직인다. 대학생 남자애와 복싱 대결을 했는데, 진짜로 복싱 스파링처럼 움직이며 싸워야 해서 땀까지 흘리면서 놀았다. 꽤 즐거운 시간이었다!

단, 노는 동안에도 '그 3만 엔이 있으면 뭘 샀을까?' 하고 집요하게 생각하는 나 자신에게 질리기는 했지만요…….

정말로 배곯은 적은 없구나

초봄 행사

올해도 아사쿠사에 신춘 가부키를 보러 다녀왔다. 나카무라 시도 등 젊은 가부키 배우들만 공연하는 특별한 무대다. 매년 좋은 자리의 티켓을 구해주는 친구가 있어서, 올해도 여자 친구들 여섯 명이 같이 갔다.

무대의 막이 열리면, 제일 먼저 배우들이 눈에 들어온다. 의상도 호화롭다. 배우가 자기 기모노를 허벅지까지 걷어 올리는 장면이 나오면 한층 더 빤히 쳐다보는 나인데, 문득 객석을 둘러보니 허벅지를 쌍안경으로 들여다보는 여성들도 있어서 어떻게 보든 자유인 걸 알고 안심한다.

무대의 배경 그림도 본다. 소나무는 저렇게 그리면 되는구나~, 하고 저절로 감탄이 나온다.

이어서 샤미센* 연주자나 추임새를 넣는 사람들도 빠뜨리지 않고 본다. 매일 연습을 몇 시간씩 할까? 월급은 얼마나 받을까. 이렇게 별생각을 다 하다 보면 술술 이야기가 진행되어

---

* 세 줄의 현이 있는 일본의 대표적인 전통 악기.

중요한 내용을 이해하지 못하기도 하지만, 그런 것까지 합쳐서 즐겁다.

그런데 가부키를 벌써 열 번 이상 봤는데도, 나는 도무지 배우의 얼굴과 이름을 일치시키지 못하고 제목도 기억하지 못한다. 극 중반까지 와서야 비로소 '아, 이거 전에 본 적 있어!' 하고 깨닫는 경우도 흔하다. 관람을 마치면 친구들과 차를 마시는데, 친구들은 "누구누구는 갈수록 아버지랑 똑같아져", "누구누구는 작년보다 실력이 늘었어"라며 가부키 이야기로 흥분한다.

멋있어! 언젠가 나도 이런 대화에 참여할 수 있을까? 이런 소망을 품으면서도 팸플릿 하나 안 사고, 눈앞에 나온 케이크에 푹 빠진 나다.

사용 전, 사용 후

서점에 들렀는데, 서점 앞에서 DVD가 재생되고 있었다. 얼굴이 열 살이나 젊어지는 마사지를 상세하게 설명하는 DVD였다. 한참 봤더니 자꾸만 사고 싶어졌다. 마사지를 받은 모델의 얼굴이 굉장히 날렵해졌기 때문이다.

DVD와 책이 한 세트이고, 바로 옆의 매대에서 팔고 있었다. 2천 엔이다. 생각보다 비싸지만 갖고 싶었다. 갖고 싶지만, 이걸 계산대에 들고 가기가 왠지 부끄러웠다. 힐끔 계산대를 보니 직원이 젊은 남자였다. 어쩌지. 한동안 망설이다가 얼굴이 열 살 젊어진다는 유혹에 져서 큰마음 먹고 사기로 했다. 직원은 내 얼굴 따위 쳐다보지도 않아서 안도했다.

집에 오자마자 얼른 DVD를 보며 마사지 타임을 가졌다. 그렇지, 마사지 전과 후에 얼마나 변화가 있는지 사진을 찍어서 비교해볼까? 동거하는 애인을 불러서 디지털카메라로 사진을 찍어달라고 했다.

드디어 마사지 시작. 딱 기분 좋을 정도의 아픈 강도로 하나 보다. 지시하는 대로 마사지를 끝까지 마치고 다시 애인을 불러 사진을 찍었다. 열 살 젊어진 얼굴이 됐을까? 마사지 전의 사진과 비교해 보니, 기분 탓인지 턱선이나 눈 아래 붓기가 가뿐해진 것 같았다. 하지만 변한 게 없다고 하면 또 없다.

모르겠네. 모르겠지만 '예뻐지기 위해 마사지를 했어'라고 생각하니 이상하게 안심됐다.

금방 질릴 것을 알지만, 당분간은 좀 해봐야지! 서른여덟 살 생일의 소소한 맹세였다.

절대 용서하지 않겠어

싫은 사람이 처음부터 싫었던 게 아닐 때 특히 곤란하다. 그 차이가 사람에게 상처를 준다.

나도 과거에 몇 번인가 그런 일이 있었다. 듣기 좋은 이야기만 늘어놓더니 돈을 주지 않은 거래처 사람도 있었고, 내 팬이라고 칭찬하면서 발목을 잡으려는 사람도 있었다. 또 어떤 사람은 친절한 얼굴로 다가와서는 끝없이 자기 공치사만 늘어놓았다. 그런 일을 겪을 때마다 나는 괴로워하며 며칠이나 고민하곤 했다.

왜 내가 이런 일을 겪어야 하지? 좋은 사람이라고 생각했는데 왜?

처음부터 싫은 사람이었다면 무시했을 텐데, 어느 날 갑자기 본성을 드러내니까 너무 당황스럽고 상처도 깊다.

나는 내 마음속에 싫어하는 사람이 있다는 것을 용납할 수 없어서, '누구든 조금은 좋은 점이 있을 거야' 하고, 아무리 싫은 사람이라도 속으로 항상 변호해주었다. 바로 그것이 나를 더 괴롭히는 원인이었다.

하지만 어느 순간부터 싫으면 싫어해도 괜찮아, 싫다고 생각하는 것쯤은 괜찮잖아, 이렇게 생각하기로 마음을 바꿨다.

나는 지금까지 만난 싫은 사람들을 앞으로도 계속, 절대로 용서하지 않겠다. 끔찍하게 싫다. 이걸 훌륭한 마음가짐이라고 할 수는 없다. 그렇지만 내가 굳이 싫은 사람을 위해서 계속 상처받을 이유도 없다. 내게는 그런 강인함이 필요하다고, 지금은 이렇게 생각한다.

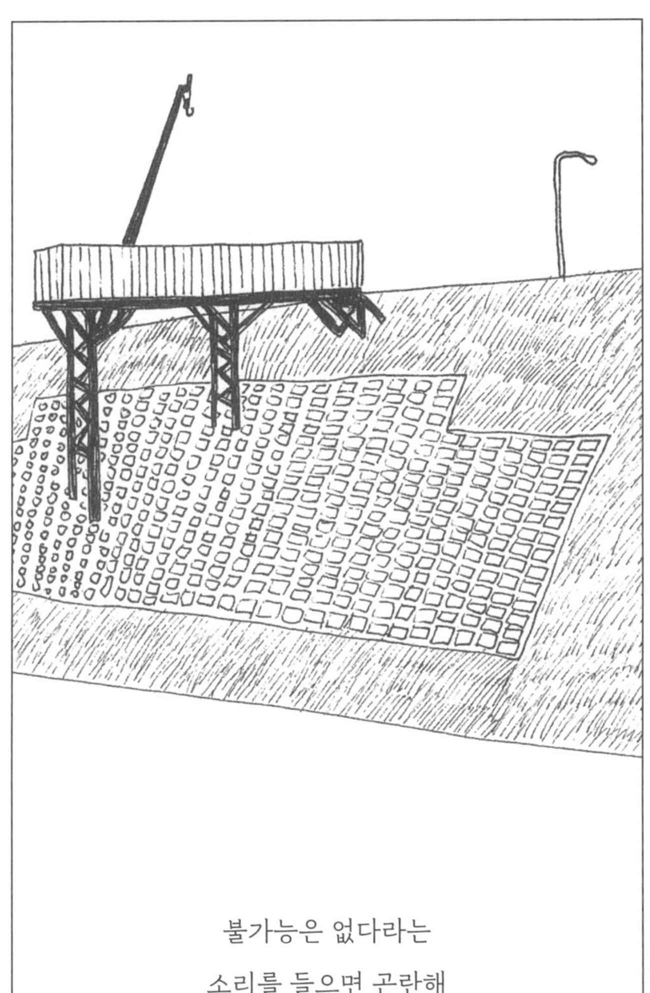

불가능은 없다라는

소리를 들으면 곤란해

미스 커뮤니케이션

휴대폰의 메일(문자) 메시지는 편리하다. 편한 시간에 읽고 답할 수 있기 때문이다. 나는 친구와 길게 통화하는 걸 싫어해서, 메일이라는 수단이 생겨서 정말 다행이다. 전화도 날씨 인사와 용건만 말하고 얼른 끊으면 괜찮은데, "요즘 어떻게 지내?" 하고 어쩔 수 없이 수다를 떨어야 하는 상황이 생기면 역시 좀 귀찮다.

그런데 재미있게도 메일을 보내게 되면서 친구와 실제로 만나 수다를 떨 기회가 늘어났다.

일부러 전화를 걸어서 "다음에 밥 먹자!"라고 말하기는 번거로운데 메일은 편하다. 게다가 메일은 '언제' 만날지 그 즉시 정하지 않고 달력을 보며 느긋하게 생각할 수 있고, 가기 싫을 때는 부드럽게 이유를 둘러대 거절할 수도 있다.

메일의 곤란한 점은, 서로 의견이 부딪칠 때다. 나는 이렇게 생각해, 하지만 내 생각은 이래, 그게 아니야, 내가 말하고 싶은 건 이런 거야, 하지만 아까 의미는 이런 의미였잖아?

메일을 주고받으면 끝이 없거니와, 오히려 점점 구렁텅이에 빠지는 경험이 적지 않다.

문장은 무섭다. 목소리 톤이 전혀 전달되지 않으니까 상대방이 화가 난 건지, 아무 의미 없이 쓴 건지 파악하기 어렵다. 나는 특히 억측이 지나치고 상상하며 부풀리는 성격이어서 '뭐야, 이 문장은!' 하고 혼자 버럭버럭 화를 내기도 한다.

그러니 소중하게 여기는 사람과는 한 가지 문제를 놓고 여러 번 메일을 주고받지 않으려고 항상 주의를 기울인다.

바겐세일

친구가 결혼식 초대장을 보냈다.

자, 뭘 입고 가지? 긴장되는 순간이다. 마침 엄마가 생일선물로 2만 엔 상품권을 보내준 참이다.

좋아, 옷 구경하러 백화점에 가볼까!

평일 낮. 잔뜩 들떠 백화점에 간 나인데, 안에 들어가 보니 백화점은 인테리어 공사 중이었다. 다행히 엘리베이터를 타고 여성복 매장까지 갔더니 넓진 않았지만 세일 코너가 마련되어 있었다. 기쁜 마음에 열심히 둘러보는데, 작년에 내가 정가를 주고 산 치마가 대량으로 세일 상품이 된 것을 발견하고 실망했다…….

"안녕하세요!"

그때, 뒤에서 말을 거는 사람이 있었다. 아니, 그 치마를 내게 정가로 팔아치운 진범이 아니라 판매원이 아닌가! 일을 잘하는 사람이어서 내가 과거에 그 치마를 산 것을 틀림없이 기억하고 있을 것이다. 불편하지 않게 내가 먼저 "이 치마, 세일 들어갔네요~" 하고 웃으며 말하자, 미안하다는 듯이 웃었다.

파티에 입고 갈 옷을 찾는다고 하자, 같이 세일 코너를 돌아보면서 도와주겠다고 했다. 다른 브랜드의 옷까지 같이 보면서, "이거 잘 어울릴 것 같아요" 하고 친절하게 조언도 해주었다. 정말 친절한 사람이다.

각종 브랜드의 옷을 몇 벌이나 입어보고 최종적으로 치마가 하늘하늘한 까만 원피스를 한 벌 샀다. 2만 8천 엔이었다. 예쁜 옷을 세일 가격에 사서 기뻤는데, 잘 생각해보니 결국 자기 매장의 옷을 빈틈없이 판 그 판매원. 대단한데~ 라고 감탄하며 백화점을 나선 나다.

등신대

나를 크게 보이려고 하면 나중에 반드시 힘들어진다.

그렇다고 안 하는 편이 나을까? 나는 아직 잘 모르겠다. 내게 얼마나 재능이 있는지 당연히 모른다. 그래도 '제 미래는 반짝반짝 빛이 날 가능성이 있답니다~'라고 자주 어필한다.

쓰고 싶은 게 아직 넘치도록 많고, 지금은 이런 만화를 구상 중이고, 이런 것과 저런 것에도 흥미가 있으며, 나중에는 이런 것도 쓰려고 합니다. 의욕도 있어요. 노력하려는 의지가 가득하답니다!

이렇게 말함으로써 거래처 사람이 '이 사람에게는 정말 뭔가 있을지도 몰라'라고 생각하게끔 하려는 나. 허풍스러운 말의 껍질을 몇 겹이나 뒤집어써서 나를 큼지막하게 보이려고 한다. 그러고 집에 오면 영 떨떠름하다. 나답지 않은 것 같아서.

올해도 출판 예정인 내 책이 몇 권쯤 있다. 이 연재도 올해 초여름에는 책으로 출간된다.*

굉장히 기쁘다. 기쁜데, 내년에도 내후년에도 그다음 해에도 내 책을 만들어줄 사람이 나타날까? 걱정이다. 걱정되니까 무심코 나를 크게 보이려고 한다. 그래놓고 떨떠름해진다. 이건 대체 뭐람! 정말 짜증이 난다.

다만, 웬만하면 다른 사람 앞에서 나를 부정적으로 말하지 않으려고 한다. "나 같은 건 어차피 안 돼요"라고 말하기 싫다. 그러면 내가 너무 불쌍하다. 굳이 작게 보이려고 하지 않는다. 딱 적당한 정도가 좋은데~ 싶긴 하지만 그게 참 어렵습니다.

---

* 이 에세이는 일본에서 2007년에 출간되었다.

친한 사이끼리 홈 파티

집에 친구를 초대해서 파티를 열면 즐겁다. 그런데 어느 날 초대를 못 받았다고 서운해하는 사람이 있다는 이야기를 언뜻 듣고 당황했다. 엥? 그다지 친하지도 않은데 왜지? 고개를 갸웃거렸지만, 그 사람 입장에서는 '왜 초대해주지 않았을까?' 하고 서운했을 테니 어쩔 수 없다.

아아, 귀찮아. 차라리 홈 파티를 안 할래. 그렇게 생각한 후로 꽤 오랫동안 남을 초대하지 않았다.

파티란 초대받은 사람과 초대받지 못한 사람으로 나뉘는 법이다. 아무리 작은 파티라도 처지가 극명하게 나뉜다. 하물며 자기 집이라는 사적인 곳에서 여는 홈 파티라면, 얼마나 친하다고 생각하는지 또 앞으로 친해지고 싶다고 생각하는지 무심코 머리를 굴리는 사람도 많을 것이다.

나도 그런 감정을 이해한다.

친구와 수다를 떨다가 누구 집에서 술 파티가 있었다는 소리를 들으면, 굳이 말하진 않아도 조금 시무룩해진다. '어? 나한테는 왜 말이 없었지?' 굳이 말하자면 참석하고 싶지 않은 모임이라도…….

집에서 여는 파티뿐만 아니라 연극 관람, 콘서트, 미팅, 여행, 결혼식 등등. 어렸을 때부터 어른이 될 때까지, 초대를 받지 못함으로써 인간관계에 어두운 그림자를 드리울지 모를 이벤트가 많다.

사람은 상처를 주려고 마음먹으면 얼마든지 상처를 줄 수 있다. 그런 하루하루를 힘차게 극복하면서 살아가는 나 자신에게, 가끔은 '수고가 많아'라고 위로한다.

택배 용지에 적힌

아버지의 글씨를 가만히 본다

고기를 굽는 방식

거래처 사람이 미팅을 겸해 고깃집에서 한턱 쏘겠다고 했다. 나는 밖에서 고기를 구워 먹은 적이 거의 없어서 조금 긴장했다. 물론 가족끼리 고깃집에 간 적은 여러 번 있다. 하지만 고깃집에서의 가족 규칙과 일반적인 규칙이 똑같다는 보장이 없다. 무엇보다 숯불구이란 굽는 방법이 다양하지 않은가.

가끔 잡지의 '인기 없는 사람' 특집을 보면 '고기를 판 위에 잔뜩 올려놓고 굽는 사람은 싫어요~' 같은 말이 적혀 있다. 우리 가족의 굽는 방식이 바로 그것이다. 판 위에 꽉 차도록 고기를 늘어놓고 타지 않도록 가족 전원이 마구 뒤집는다.

정석은 도대체 어떤 방법일까? 한 점 한 점씩 굽나? 잘 모르겠다. 거래처 사람 앞에서 상식을 벗어난 행동을 하기는 싫다. 덧붙여 나는 호불호가 강해 등심과 갈비 말고는 못 먹는데…….

그래서 미리 알리기로 했다. 고기는 먹고 싶은데 익숙하지 않아요. 등심과 갈비만 먹을 수 있어요. 이런 사람인데 같이 가도 될까요? 그러자 'OK입니다'라는 답변을 주었다. 이제 안심이야!

드디어 고기 먹는 날. 우리가 간 가게는 아주 일반적인 고깃집 분위기였다. 그런데 메뉴를 보고 당황했다. 고기 모둠이 한 사람당 1만 2천 엔이나 했다. 비싸! 게다가 가게 직원이 곁에서 고기를 구워주었다(한 점씩).

세상에는 이런 고깃집도 있구나. 고기도 감탄할 정도로 맛있었는데, 우리 아버지와 엄마는 이런 고기를 먹어본 적 없겠다고 생각하니 왠지 면목 없는 기분이었다.

단순한 디자인

나는 쇼핑 능력이 부족하다. 오래 쓸 수 있는 디자인이 단순한 까만 가방이 갖고 싶어서 백화점에 가도, 한참을 돌아보다가 단순하지 않고 심지어 갈색인 가방을 사 오기도 한다. 집에 돌아와서는 왜 이런 가방을 산 거야!? 하고 어이없어 한다.

디자인이 단순한 물건을 살 때면 내 마음속에 '아까워'라는 감정이 차곡차곡 차오른다. 모처럼 돈을 쓰는데 디자인에 공을 안 들인 물건을 사는 건 너무 아깝다. 이왕이면 여기에 주머니가 달리고 저기쯤에 하늘거리는 레이스가 달려야 이득이지 않나? 또 단순한 물건이라면 대량생산하는 저가 매장에서 사도 되지 않을까…….

그래서 디자인이 단순하고 가격이 좀 나가는 물건을 몸에 지닌 사람을 보면 감탄한다.

자, 지금 살지 말지 고민하는 구두가 있다. 특별할 것 하나 없는 까만 가죽 구두다. 어디에나 있을 법한 지극히 단순한 디자인인데, 매장에서 시험 삼아 신어봤더니 착화감도 좋고 가죽도 부드러웠다. 가격을 보니 3만 6천 엔이다. 어쩌지. 리본도, 레이스도, 단추도 안 달렸고 또 말하자면 색은 까만 색이다. 이런 구두에 3만 6천 엔을 내기에는 상당한 용기가 필요하다.

그러고 보니 발 모양을 본떠 만든 4만 엔짜리 구두도 결국 아파서 신지 못하는데. 나는 더 이상 구두에 사치를 부려선 안 될 것 같다. 하지만 오히려 그렇기 때문에 단순하고 오래 신을 구두를 사는 편이 낫지 않을까? 매장을 돌아다니며 쉽게 결정하지 못하는 봄이다.

개복치의 얼굴

나는 음식에 호불호가 강하다. 이렇게 선언하면 제멋대로라는 인상을 줄 수 있으니 가능하면 사람들 앞에서는 호불호가 '없는 척'을 한다.

나 같은 경우, 먹지 못하는 원인은 맛이 문제가 아니다.

예를 들어 돼지, 닭, 소는 부위에 따라 못 먹긴 해도 뭐, 먹을 수는 있다. 예전부터 먹어서 익숙한 고기이므로 마음이 놓인다. 그런데 양이나 멧돼지나 말이나 오리나 자라처럼 익숙하지 않은 고기는 거북하다. 또 스타일이 독특한 물고기도 못 먹는다. 복어나 날치나 붕장어나 갯가재나 미꾸라지 같은. 특이한 형태를 떠올리면 내 기분은 자꾸만 어두워진다. 그런 건 급식 때도 안 나왔다고(참고로 채소는 대부분 괜찮다)!

예전에 어떤 가게에서 친구와 모둠회를 먹은 적이 있는데, 그중에 개복치 회가 있었다. 나는 생각했다. 개복치가 얼굴만으로 헤엄치는 것 같은 그 물고기지? 무서워! 등줄기가 얼어붙었다.

하지만 다른 사람과 같이 식사하는데 싫다는 소리만 하면 분위기가 나빠진다. 그래서 나는 아무렇지 않은 척하며 회를 먹었다.

"맛있다~ 개복치!"

이렇게 감탄하며, 개복치의 얼굴을 생각하지 않으려고 노력하면서 삼켰다.

칭기즈칸*을 먹은 적도 있는데, 그때도 양의 "메에~" 하는 울음소리(이건 염소던가?)를 떠올리지 않으려고 노력했다. 어른이니까 조금은 노력한다.

다른 사람과 식사를 할 때, 내가 솔직히 "이건 못 먹어요"라고 말한다면 상대방을 신뢰한다는 뜻입니다.

---

* 일본 홋카이도의 요리로, 불판에 양고기와 채소를 구워 먹는다.

맛있는 것을 보면

소중한 사람이 생각난다

아아, 실격……

또래 친구들 남녀 여섯 명이 노래방에 갔다. 다들 허물없는 사이다.

"속박 노래방을 하자!"

이런 이야기가 나왔다. 그렇다고 밧줄로 묶고 노래하는 것이 아니라 곡을 선택할 때 규칙을 하나 정하는 것이다.

첫 번째 속박 규칙은 '여기 있는 사람들이 다 모르고 자기만 안다고 생각하는 노래'였다. 히트곡은 다른 사람이 알 수 있으므로 좋아하는 가수의 알려지지 않은 노래를 부르면 성공할 확률이 높아진다. 혹은 아주 옛날 노래를 부르거나. 누구 한 명이라도 아는 사람이 있다면 실격이다.

자, 나는 뭘 부를까? 평소 친구와 노래방에 갈 때는, 남들이 모르는 노래를 부르면 분위기가 가라앉으니까 피한다. 그런데 이번에는 일부러 모르는 노래를 고른다.

고민 끝에 중학생 시절에 자주 들었던 마츠다 세이코의 '빨간 구두를 신은 발레리나'를 부르기로 했다. 다른 때보다 앞머리를 1밀리미터 짧게 자른 여자애가 남자 친구와 만나기 부끄러워하는 아주 귀여운 노래다. 앨범 수록곡 중 하나이니 아마 아무도 모를 것이다. 내가 노래를 부르기 시작하자 남성 전원이 "몰라~!"라고 외쳤는데, 여성 전원은 "알아~!"였다. 아아, 실격…….

다른 친구들도 고심하며 노래를 찾아서 불렀다. 금방 해체한 밴드의 노래, 우리가 태어나기 전의 노래(그걸 어떻게 알지?). 지금까지 남들 앞에서 부르지 못했던 노래를 당당하게 부르니까 나도 그렇고 다들 아주 즐거워했다.

속박 노래방은 그 이후로도 계속 이어졌다. '미팅에서 부르는 회심의 한 곡'이나 '내가 제일 처음 산 음반의 곡'이라는 규칙으로. 가까운 친구의 잘 몰랐던 일면을 언뜻 엿본, 속박 노래방의 밤이었다.

초등학교 선생님

초등학교 1학년부터 고등학교 3학년까지 담임이었던 모든 선생님의 이름을 기억한다. 틀렸을 수도 있지만 말해보니 다 말할 수 있었다.

그런데 그중에서 내 이름을 기억하는 선생님이 한 명이라도 있을까? 아마 없을 것이다. 나는 그다지 눈에 띄지 않는 평범한 학생이었으니까. 이쪽은 20년, 30년이나 잊지 않고 기억하는데 상대방은 까맣게 잊는다. 왠지 재미있다. 자신이 이미 잊은 제자들에게 계속 기억된다는 것에 대해 선생님이라는 직업에 종사하는 사람은 어떤 감정을 품을까?

어른이 된 후에 생각하게 되는 점이 있다. 그 선생님은 너무 열혈이었어, 그 선생님은 이상했어, 그 선생님은 가르치는 방식이 고루했어, 그 선생님은 정말 마음이 넓은 사람이었어, 같은. 당시 선생님들의 나이에 내가 가까워질 때마다 그 사람과는 친구가 되고 싶다, 친구가 되고 싶지 않다고 생각하기도 한다.

수십 년의 세월이 지나 성인이 된 당시 제자들에게 냉정한

눈으로 다시금 평가를 받는다. 선생님이라는 직업에는 이런 것도 포함된 것이다.

초등학교 졸업 문집에 나는 장래 희망을 '초등학교 선생님'이라고 적었다. 그때 담임선생님이 "훌륭한 꿈이구나"라고 말해줘서 나는 기뻤는데, 어쩌면 그 선생님은 발끈했을지도 모른다. 나는 '초등학교 선생님'이라고만 쓰지 않고 구태여 '아이들의 마음을 알아주는 초등학교 선생님'이라고 적었으니까……. 나야 솔직한 심정을 적었지만, 선생님이 보기에는 '이거 비꼬는 건가?' 싶었을 가능성도 있다.

독소 배출

발 디톡스를 받으러 친구를 쫓아서 가보았다.

그런데 발 디톡스라니, 뭘 어떻게 하는 거람? 들어 보니 몸 안에 쌓인 독소를 배출해주는 거라는데, 진상을 모르는 채로 약속 장소에 가는 나.

빌딩에 있는 샵으로 들어가 접수를 마치자마자 '발 디톡스'가 시작되었다. 친구와 나란히 의자에 앉아 따뜻한 물이 담긴 커다란 세면기에 각자 발을 담갔다. 물 안에 코드 달린 기계를 넣고 스위치를 누르자, 물이 회전하기 시작했다. 양이 늘어나지는 않았으니까 물이 더 나오는 건 아닌 것 같았다. 설명을 듣고도 까먹었는데, 마이너스 이온이 나온다나 뭐라나.

이 물에 30분쯤 발을 담그고 있으면, 발바닥에서 몸 안의 독소가 나온다고 했다. 독소가 많이 나올수록 물의 색이 짙어진단다. 5분쯤 지나자, 옆에 앉은 친구의 물이 조금씩 탁해졌다. 악, 너무 더럽잖아! 친구를 보고 웃었는데, 금방 내 세면기의 물도 갈색으로 변하기 시작했다. 싫다~, 부끄러우니까 보지 마!라며 둘이 난리를 치면서 기다리기를 30분. 처음에는 투명했던 물이 양쪽 다 질색할 정도로 새까맣게 변했다.

우리 발바닥에서 도대체 어떤 독소가 나온 걸까? 잘은 모르겠지만 그래도 독소가 빠져나왔다고 하니까 좋은 거겠지. 이어서 발 마사지를 받았고, 다 합쳐서 가격은 2,980엔. 비싼 건지 저렴한 건지 잘 모르겠다.

그래도 재미있었다. 독소도 빠져나갔으니까 케이크라도 먹을까? 친구와 함께 카페로 직행한 저녁이었다.

좋은 일 많았던 일 년이라고

생각해보았다

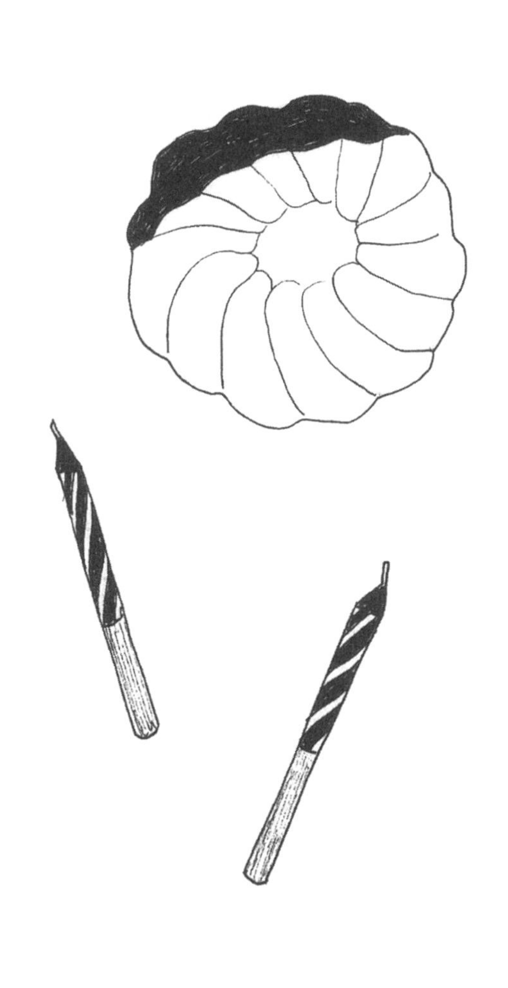

상경하고 반년이 지나서야 간신히 의욕이 생긴 나. '일러스트 일감을 따와야 해!' 이렇게 각오를 굳히고 여기저기 내 작품을 알리러 다녔는데, 당시에 나는 정말이지 엉뚱한 짓만 했다.

제일 기막힌 짓은, 집 근처 카페에 일러스트를 들고 간 것이다. 전국적으로 점포가 있는 프랜차이즈 카페였다. 계산대에서 점장을 불러달라고까지 해서 부탁했지 뭔가.

"메뉴 일러스트를 그리고 싶어요."

프랜차이즈는 가게 이미지를 통일하므로 한 점포만 전혀 다른 메뉴판을 만들지 못한다고 했다. 당연한 소리다. 그런데 나는 그런 것도 전혀 모르고서, "아무쪼록 잘 부탁드립니다"라고 인사하며 직접 만든 일러스트 파일을 건네고는 씩씩하게 돌아왔다. 카페 사람들은 '저건 뭐야?' 하고 황당했을 것이다. 카페에서 연락이 오지 않았던 것은 당연히 말할 필요도 없다.

여기에 더해, 젊은 사람들을 대상으로 한 최신 패션 잡지에

뻔뻔스럽게 찾아간 적도 있다. 패션을 잘 모르거니와 내 일러스트가 세련된 느낌이 아니라는 것도 알면서도, 어떻게든 일감을 따내겠다고 편집부에 간 나. 친절하게 대해주었지만 '왜, 하필이면 여기에?'라는 생각이 보이는 어리둥절한 표정들이었다……. 이 밖에도 많은 일이 있었지만 생각만 해도 너무 부끄럽다.

뭘 어떻게 해야 좋을지 몰랐다. 힌트를 주는 사람도 없었다. 나는 나름의 뚱딴지같은 아이디어를 짜내 여기로 갔다가 저리로 갔다가 했다. 그렇게 많은 사람들과 만났다.

스물여섯 살에 상경해서 이렇게 에세이를 쓰는 현재까지, 많은 일이 있었다. 그래도 고향에 돌아가겠다는 생각은 한 번도 안 했다. 미래의 나에게 흥미가 있다. 도쿄에서 살아가는 나를, 나는 좀 더 지켜보고 싶었다.

이 책은 주니치 신문에서 연재 중인 「내일 일은 모릅니다 센류(明日のことはわかりま 川柳)」라는 글의 모음집입니다. 매일 살면서 느낀 이모저모를 자유롭게 쓰면 되는 연재인데, 그런 의미에서 나 자신과 가장 가까운 에세이집이라고 생각합니다.

2007년 4월
마스다 미리

그런 날도 있다

초판 1쇄 2020년 9월 10일
초판 3쇄 2021년 12월 24일

지은이 마스다 미리
옮긴이 이소담

펴낸이 이나영
펴낸곳 북포레스트
등록 제406 - 2018 - 000143호
주소 (10871) 경기도 파주시 가재울로 96
전화 (031) 941- 1333
팩스 (031) 941- 1335
메일 bookforest_@naver.com
인스타그램 @_bookforest_

ISBN 979- 11- 969752 - 2 - 7 03830